OBSERVAÇÕES SOBRE A TORTURA

OBSERVAÇÕES SOBRE A TORTURA

Pietro Verri

Prefácio
DALMO DE ABREU DALLARI

Tradução
FEDERICO CAROTTI

Martins Fontes
São Paulo 2000

Título original: OSSERVAZIONI SULLA TORTURA.

1ª edição
março de 1992
2ª edição
agosto de 2000

A publicação desta obra foi sugerida por Roberto Leal Ferreira, que coordenou a tradução.

Tradução
FEDERICO CAROTTI

Revisão da tradução
Roberto Leal Ferreira
Revisão gráfica
Ana Maria de Oliveira M. Barbosa
Ivete Batista dos Santos
Produção gráfica
Geraldo Alves
Paginação/Fotolitos
Studio 3 Desenvolvimento Editorial (6957-7653)

Dados Internacionais de Catalogação na Publicação (CIP)
(Câmara Brasileira do Livro, SP, Brasil)

Verri, Pietro, 1728-1797.
Observações sobre a tortura / Pietro Verri ; prefácio de Dalmo de Abreu Dallari ; [tradução Federico Carotti]. – 2ª ed. – São Paulo : Martins Fontes, 2000. – (Clássicos)

Título original: Osservazioni sulla tortura.
ISBN 85-336-1298-2

1. Milão (Itália) – Política e governo 2. Peste – Itália – Milão – História 3. Tortura – Itália – Milão – História I. Título. II. Série.

00-3242 CDD-364.670945

Índices para catálogo sistemático:
1. Milão : Itália : Tortura 364.670945

Livraria Martins Fontes Editora Ltda.
Rua Conselheiro Ramalho, 330/340
01325-000 São Paulo SP Brasil
Tel. (11) 239-3677 Fax (11) 3105-6867
e-mail: info@martinsfontes.com
http://www.martinsfontes.com

Índice

Prefácio

Duzentos anos de condenação da tortura

1

Praticar tortura contra uma pessoa é uma forma covarde de cometer violência física, psíquica e moral, fazendo sofrer a vítima, degradando o próprio torturador e agredindo valores que são de toda a humanidade. Tem havido momentos na história humana em que a prática de violências se torna rotina, ou sob influência da guerra ou de profunda desordem social, duas situações igualmente propícias à degradação moral. Nessas ocasiões não é raro que a força prevaleça sobre a autoridade e a razão, ficando aberto o caminho às expansões da boçalidade violenta, com os governos e até mesmo as leis permitindo a tortura, em nome da defesa da liberdade ou da proteção da sociedade.

O século XVII foi um desses momentos, pois em grande parte da Europa, ainda martirizada pelas aventuras armadas que marcaram o fim da Idade Média, prevaleciam ocupações territoriais por estrangeiros, ou então por elites governantes que procuravam manter pela força uma situação de superioridade social que não se apoiava em nenhuma forma de legitimidade.

As guerras tinham sugerido que a brutalidade, o desrespeito pela pessoa humana e por qualquer princípio ético poderiam, de certo modo, dar resposta à indagação feita por Maquiavel em 1513, quando procurou saber se para o príncipe era melhor ser temido ou amado pelo povo. Governantes sem legitimidade e sem escrúpulos, preocupados apenas com a preservação de seus privilégios, sem nenhuma possibilidade de serem amados, usaram amplamente o terror para manter o povo intimidado e submisso. E o próprio povo, por sua ignorância, companheira inseparável dos preconceitos, muitas vezes colaborou para que seus dominadores usassem da violência.

Pietro Verri, um dos grandes iluministas do século XVIII, horrorizado e indignado com a sobrevivência da tortura legal em Milão no final do século XVIII, escreveu um dos livros mais chocantes e comoventes sobre a brutalidade da tortura. Nesse livro, *Observações sobre a tortura*, Verri indaga sobre a origem dessa prática pavorosa, humilhante e dolorosa para quem a sofre, e degradante para aquele que a executa ou manda executar. E com certo desencanto registra sua antiguidade e sua permanência através dos tempos, como um atestado da fragilidade humana, que pode levar o indivíduo tanto à mais irracional e dignificante exaltação dos sentimentos quanto à extrema baixeza.

Apoiado em várias fontes históricas, mas sobretudo nas obras de Pierre de la Ramée e Juan Luis Vives, escritas no século XVI, Pietro Verri registra atos de tortura por ordem de Tarqüínio, o Soberbo, último rei de Roma, que governou de 534 a 510 a.C. E lembra que na própria Grécia, onde a exaltação do espírito atingiu as culminâncias, houve prática de tortura, como no caso altamente expressivo do filósofo Zenão de Eléia, torturado barbaramente por determinação do tirano Nearco, no século V a.C., acusado de estimular a subversão.

Na opinião de Verri, isso demonstra como é antigo o instinto do homem armado de força prepotente, que se deixa levar mais pelas paixões que pela razão. Podemos acrescentar que a tortura de Zenão, como a de muitos outros homens que se fizeram notar pela inteligência e pela espiritualidade, mostra a que extremos de ódio pode chegar o homem medíocre dotado de força bruta, perante aqueles que atingem as dimensões superiores da racionalidade e dos sentimentos.

Que motivos teriam levado Pietro Verri, humanista sensível, crente na superioridade dos valores do espírito, a mergulhar num processo criminal realizado em Milão, no ano de 1630, no qual está cruamente retratada, com terrível eloqüência, a conjugação da ignorância e da baixeza mais violenta, contra a dignidade humana? Por que um homem com a sua sensibilidade teria enfrentado o conhecimento e a análise de fatos que certamente o agrediriam e lhe causariam náuseas, por sua extrema brutalidade?

É o próprio Verri quem nos fala do esforço exigido por essa tarefa e da razão de tê-la executado, ao relatar uma das cenas de tortura registradas com toda a minúcia:

"A cena é extremamente cruel, e meu punho a transcreve a duras penas; mas se o calafrio que sinto servir para poupar nem que seja apenas uma vítima, se se deixar de infligir uma única tortura graças ao horror que passo a expor, será bem empregado o doloroso sentimento que me toma, e essa esperança é minha recompensa."

2

O tema central do livro de Pietro Verri, escrito entre 1770 e 1777, é a reconstrução, apoiada em documentos, de um processo criminal realizado em Milão no ano de 1630. Esse processo ficou conhecido como "processo dos untores", porque os réus eram acusados de untar, passar um óleo venenoso nas paredes da cidade, para assim espalhar a peste, que exterminou grande parte da população milanesa, chegando a matar 800 pessoas por dia.

Em 1630 Milão estava sob domínio espanhol, e soldados mercenários de várias procedências, gente atrasada e embrutecida, circulavam por quase toda a Europa, transportando suas mazelas através das cidades, muitas delas vivendo na imundície, sem os mais elementares cuidados de higiene. E foi da Espanha que chegou a notícia de que uma epidemia de peste caminhava através das fronteiras, sendo intencionalmente disseminada por pessoas que esfregavam um óleo mortífero nas paredes. O atraso e as superstições não deixavam perceber o absurdo dessa afirmação, pois obviamente os untores deveriam ser as primeiras vítimas.

Quando os médicos milaneses deram o alarme, anunciando a chegada da peste, a população se revoltou contra os médicos, que foram acusados de atrair a peste com suas denúncias, recebidas como falsas e alarmistas. A população só se convenceu da realidade quando o número de mortos por dia já era muito elevado e as autoridades, visando obter a cooperação do povo, fizeram desfilar pela cidade, à luz do dia, uma carreta abarrotada de cadáveres com os sinais evidentes da peste.

Desesperado, o povo queria vingar-se de qualquer modo dos causadores de tamanha tragédia e passou a procurar descobrir quem é que estava esfregando o óleo envenenado nas paredes de Milão. O governo, querendo mostrar diligência, oferecia um prêmio a quem denunciasse os culpados. E duas comadres, únicas testemunhas que deram fundamento ao processo, afirmaram ter visto quando um modesto comissário do serviço sanitário, Guglielmo Piazza, chegou à rua tendo um papel na mão esquerda. Parou em frente a uma casa, olhou para ela, fez o gesto de quem estivesse escrevendo sobre o papel e, em seguida, apoiou a mão direita na parede.

Foi o quanto bastou para que uma das comadres, que olhava a cena da janela de sua casa, fosse comentar com a outra esse fato, que lhe parecia suspeito. Esta afirmou que também tinha observado os movimentos do infeliz Piazza, achando-os muito estranhos. A partir daí foi feita a denúncia, que se espalhou rapidamente, dando como descoberto o untor. O governo da cidade, ou por ter sido muito pressionado pelo povo ou, possivelmente, por achar conveniente identificar um culpado e assim exonerar-se de responsabilidade, também agiu como se estivesse fora de dúvida a descoberta do criminoso.

Guglielmo Piazza foi preso e se iniciou o processo criminal, cujo objetivo era só confirmar aquilo que já se tinha como certo: ele era um dos untores. Brutalmente torturado na presença de um juiz, pendurado pelos braços até que, por seu próprio peso, ocorresse o deslocamento à altura dos ombros, Piazza tentou negar sua culpa, mas por diversas vezes, quando baixaram a corda que o sustinha, esperando que ele confessasse, sua obstinação em afirmar-se inocente irritou o juiz. Este determinou que o suspendessem novamente, até que resolvesse confessar.

Não suportando mais as dores, o infeliz acusado confessou, mas aí se iniciou nova sessão de tortura, para que ele dissesse quem lhe tinha fornecido o ungüento pestífero. Outra vez levado ao desespero, Guglielmo Piazza apontou como seu cúmplice um pobre barbeiro seu vizinho, Gian Giacomo Mora, que, pela descrição feita no processo, Verri conclui que era "semideficiente", incapaz de participar de uma ação criminosa que exigisse esperteza e inteligência.

Igualmente torturado, Mora também acabou confessando. A polícia foi à sua casa e apreendeu uma tina de lixívia, que a mulher do barbeiro usava para a limpeza da casa. O conteúdo da tina foi logo apontado como sendo o material de fabricação do ungüento mortífero e, assim, um reforço da prova.

Desse modo, de tortura em tortura, com apoio na lei e com a construção arbitrária da prova pelo juiz, Piazza e Mora foram condenados à morte, executando-se a pena com a mesma brutalidade observada nas sessões de tortura. Assim se afirmava que estava sendo feita justiça. Tortura e pena de morte, violências irmãs, serviram nesse caso, como em muitos outros, desde muito antes até os nossos dias, para satisfazer os baixos instintos e os sentimentos de ódio de uns e para dar apoio ao cínico oportunismo de outros, que manipulam a ignorância para se manterem numa posição de poder.

3

Cento e quarenta anos depois da tremenda violência que foi o "processo dos untores", a tortura continuava a ser legal no ducado da Lombardia, que tinha Milão como capital.

Pietro Verri, juntamente com Beccaria, com seu irmão Alessandro Verri e mais um grupo de intelectuais brilhantes, adeptos do Iluminismo, haviam fundado uma agremiação, denominada "Accademia dei Pugni", que mantinha uma publicação periódica intitulada *Il Caffè*, por meio da qual combatiam o atraso e a desumanidade do sistema jurídico vigente, propondo mudanças substanciais, para que prevalecessem o Progresso e a Razão. Entre outras coisas, propunham que fossem separadas as atividades legislativa e judiciária, para que esta não ficasse subordinada às conveniências políticas. Era a luta da Razão contra a barbárie, os preconceitos, as superstições.

No ano de 1776, a imperatriz da Alemanha, Maria Teresa da Áustria, decretou a abolição da tortura em todos os Estados integrantes do Império. Foi solicitado ao senado da Lombardia que acolhesse a nova disposição e formalizasse, por lei própria, a proibição da tortura em seu território. O relator da matéria no senado foi Gabriele Verri, pai de Pietro e Alessandro, tendo ele opinado contra a abolição, por entender conveniente manter a tortura legal no ducado. A maioria dos senadores acolheu o relatório, mantendo-se essa forma bárbara de punição-inquirição, na mesma cidade em que Cesare Beccaria, apoiado pelos companheiros do *Caffè*, dera ao mundo sua obra monumental *Dos delitos e das penas*, aclamada em Paris por sua modernidade e seu humanismo.

Esse fato contribuiu para que as *Observações sobre a tortura*, de Pietro Verri, só fossem publicadas em 1804, sete anos depois de sua morte. Certamente Verri não quis tornar pública, de modo agressivo, a divergência com o pai, procurando também evitar uma situação de conflito com as famílias mais importantes da Lombardia.

Mas deixou o livro para publicação póstuma, e isso foi muito importante, não só para que as gerações futuras conhecessem pormenores do atrasado e desumano processo criminal lombardo do século XVII, mas também para identificação de fatores negativos da história, que ainda perduram em muitas partes do mundo, ou retornam quando as condições políticas e sociais são propícias.

4

A leitura das *Observações sobre a tortura*, de Pietro Verri, suscita reflexões sobre importantes questões de ordem moral, cultural e jurídica. O próprio Verri tinha consciência disso ao redigir seu livro-denúncia, escrito com a esperança de que a humanidade se envergonhasse de tanta degradação. O povo, o governo, os juízes, são analisados a partir de sua atitude perante a tortura e as formas violentas e primárias de obtenção de uma suposta verdade e de punição dos culpados, que assumiam esta condição a partir da primeira suspeita.

Com muita agudeza observa Pietro Verri que nas situações excepcionais o povo tende a acreditar facilmente nas opiniões mais extravagantes. E procura sempre identificar culpados entre as pessoas, atribuindo à malícia dos homens muita coisa que é, claramente, efeito de forças incontroláveis da natureza. O povo quer que alguém seja punido por seus incômodos e por suas desgraças, mesmo que seja absolutamente ilógica essa pretensão punitiva. E o próprio povo, quando é ignorante e preconceituoso, contribui para que alguns sejam vítimas da arbitrariedade do governo e assim fortalece os governantes tirânicos e sem escrúpulos.

A partir do "processo dos untores", Pietro Verri denuncia e condena a utilização, pelo governo, de métodos de investigação brutais, injustos e desprovidos de qualquer racionalidade. Esses vícios, na realidade, foram e continuam sendo características dos governos sem legitimidade, que procuram compensar com a força e por meio de variadas formas de corrupção a falta do apoio dos governados como base de sustentação. O oferecimento de prêmio para quem denunciasse os culpados é também uma característica do mau governo, sendo uma forma de exploração demagógica da ignorância, da superstição e da falta de ética, além de servir para que o governo transfira para o povo uma responsabilidade que é sua, sendo, ainda, um estímulo à prática da delação.

Verri enfrentou também o problema do governo reacionário, que por sua fragilidade e incapacidade de renovação tem medo de qualquer mudança. Na realidade, criticando o governo lombardo de 1630, responsável pelas torturas sofridas por Piazza e Mora, Pietro Verri condenava os governantes do seu tempo, inclusive seu proprio pai, que mantinham uma atitude obscurantista, tendo-se recusado a abolir a tortura legal na Lombardia em 1776. A prova de que essa resistência estava apoiada em frágil maioria é o fato de que bem poucos anos depois, em 1784, a tortura foi oficialmente abolida no território lombardo.

A obra de Pietro Verri é também muito importante como expressão do pensamento dos iluministas italianos no campo jurídico, especialmente quanto à necessidade de independência e esclarecimento dos juízes, para que não desempenhem suas funções com a crueldade e a injustiça das pessoas embrutecidas pela ignorância associada à tirania.

Assinala Pietro Verri que as crueldades de alguns juízes eram tantas que alguns acusados morreram durante a tortura, devendo-se notar que as sessões de tortura se realizavam com a presença de um juiz, a quem competia determinar a continuação, o agravamento ou a suspensão dos suplícios. Além disso, os iluministas consideravam que, pelo fato de serem vinculados ao senado, os juízes tendiam a agir sempre com mais rigor, ou para serem agradáveis aos detentores do poder político ou por não existir uma clara definição de sua responsabilidade pelos excessos que cometessem, confundindo-se tudo como atos do governo.

A par disso, como fica evidente em várias passagens da obra de Verri, havia a crença em que juízes mais cultos seriam menos cruéis, pois o desenvolvimento da razão deveria levar ao reconhecimento da dignidade da pessoa humana. Pode-se dizer que já se enuncia a idéia da presunção de inocência do acusado, em lugar da presunção de culpa que servia de justificativa para a tortura, como bem registra Michel Foucault em *Vigiar e punir*: "A tortura judiciária, no século XVIII, funciona nessa estranha economia em que o ritual que produz a verdade caminha a par com o ritual que impõe a punição. O corpo interrogado no suplício constitui o ponto de aplicação do castigo e o lugar de extorsão da verdade. E do mesmo modo que a presunção é solidariamente um elemento de inquérito e um fragmento de culpa, o sofrimento regulado da tortura é ao mesmo tempo uma medida para punir e um ato de instrução" (Ed. Vozes, 1977, p. 41).

Cabe ainda assinalar que na obra de Verri é denunciado com extraordinária eloqüência o equívoco – às vezes produto da malícia, outras de crença ingênua – de afirmar que a confissão do acusado elimina qualquer dúvida quanto à sua culpa. Observa ele que um "duro" verdadeiramente culpado pode ter grande resistência à tortura enquanto um inocente mais sensível confessa o que lhe for exigido se for submetido ao menor suplício.

5

A obra *Observações sobre a tortura* de Pietro Verri é um formidável libelo contra a violência como instrumento da justiça, deixando evidente que o uso desse método contém em si um princípio de injustiça, pela grande possibilidade de supliciar inocentes, sendo também responsável pela alta incidência de erros judiciários. A par disso, é um manifesto vigoroso em favor da dignidade humana.

A edição brasileira dessa obra tem o maior significado, por inúmeras razões. Verri pode ser considerado um dos principais representantes do Iluminismo italiano. Entretanto, seu nome e sua obra são quase desconhecidos fora da Itália, o que se deve, em grande parte, ao fato de ter sido companheiro de Cesare Beccaria, cuja obra *Dos delitos e das penas* teve imediata repercussão na França e dali ganhou expressão universal. Aliás, o próprio Verri constatou esse fato e não foi insensível a ele, tendo rompido com Beccaria, acusando-o de esquecer os companheiros para fazer brilhar mais intensamente o seu próprio nome.

O conhecimento das *Observações sobre a tortura* ganha importância neste momento, porque existe agora um amplo movimento, tendo como pontos de convergência a ONU e várias Organizações Não-Governamentais (ONGs) de âmbito internacional, objetivando a eliminação da prática da tortura no mundo. A abolição da tortura legal na Europa teve como ponto de partida um decreto de Frederico II da Prússia, de 1740, e foi seguida por vários Estados no final do século XVIII, ganhando maior ênfase com a Revolução Francesa e a expansão da idéia abolicionista através das guerras napoleônicas.

No século XX foi registrada a prática de torturas nos períodos de guerra e, fora deles, nos regimes de força, essencialmente antidemocráticos. Nos últimos anos houve comprovação de largo uso da tortura, com métodos bastante sofisticados, nos países submetidos a governos militares, o que chamou a atenção do mundo para a sobrevivência dessa prática bárbara e covarde neste final do século XX. E a partir do conhecimento do tratamento cruel e desumano dispensado aos presos políticos foi tornada pública a habitualidade da prática de tortura contra os chamados "presos comuns" em grande parte do mundo, mas sobretudo nos países menos desenvolvidos.

Isso levou a Assembléia Geral da ONU a aprovar, em 10 de dezembro de 1984, a Convenção Contra a Tortura e Outros Tratamentos ou Penas Cruéis, Desumanos ou Degradantes. O Brasil aderiu a essa Convenção, que foi promulgada pelo decreto nº 40, de 15 de fevereiro de 1991.

Na linguagem de Pietro Verri, a tortura era conceituada como a "pretensão da procura da verdade através de tormentos". A experiência e o conhecimento mais preciso dos métodos modernos de tortura levaram a ONU a uma conceituação mais minuciosa, que consta do artigo 1º da Convenção e cujo teor é o seguinte: "Qualquer ato pelo qual dores ou sofrimentos agudos, físicos ou mentais são infligidos intencionalmente a uma pessoa a fim de obter, dela ou de uma terceira pessoa, informações ou confissões; de castigá-la por ato que ela ou uma terceira pessoa tenha cometido ou seja suspeita de ter cometido; de intimidar ou coagir esta pessoa ou outras pessoas; ou por qualquer motivo baseado em discriminação de qualquer natureza; quando tais dores ou sofrimentos são infligidos por um funcionário público ou outra pessoa no exercício de funções públicas, por sua instigação, ou com o seu consentimento ou aquiescência."

A humanidade evoluiu desde o século XVIII, pois a tortura que era legalmente admitida foi primeiramente abolida das legislações, permanecendo como prática à margem da lei. Agora foi dado mais um passo de extrema importância para sua efetiva abolição, com a criação da figura legal da tortura, que passou a ser definida como crime. Resta, entretanto, conscientizar os governantes e os agentes policiais viciados na violência e no arbítrio, alertando-se também as autoridades responsáveis pela proteção dos direitos humanos fundamentais para que não sejam coniventes com a prática desse crime, que é expressão de ignorância e brutalidade e que agride toda a humanidade.

A obra de Pietro Verri já produziu muitos efeitos benéficos, na teoria e na prática, e certamente nenhum dos seus leitores ficará indiferente à sua vigorosa denúncia e ao seu apelo eloqüente em favor da prevalência da razão sobre a barbárie. Essa é uma opção necessária, para que seja reconhecida e preservada a dignidade da pessoa humana.

Dalmo de Abreu Dallari

Cronologia

Pietro Verri e seu tempo

1728. Em 12 de dezembro, nasce em Milão o conde Pietro Verri.
1738. Nasce Cesare Beccaria.
1741. Nasce o conde Alessandro Verri, escritor, irmão de Pietro Verri, de quem será colaborador.
1744. Morre aos 76 anos Giambattista Vico.
1748. Montesquieu – *O espírito das leis*.
1749. Depois de ter estudado em Roma, em Monza e em Parma, Pietro Verri retorna a Milão.
1751. Voltaire: *O século de Luís XIV*.
1755. Morre Montesquieu.
1758. Morte de Bento XIV; Clemente XIII, papa. Helvétius: *Do espírito*.
1759. Tendo ingressado na carreira militar, Pietro Verri torna-se capitão do exército imperial e luta contra os prussianos na Alemanha, durante a Guerra dos Sete Anos.

1760. Voltaire: *Ensaio sobre os costumes e o espírito das nações.*

1761. Pietro Verri retorna a Milão e funda a "Accademia dei Pugni", composta por jovens intelectuais, entre os quais Alessandro Verri, Cesare Beccaria, Alfonso Longo e Luigi Lambertenghi.

1762. J.-J. Rousseau: *O contrato social* e *Emílio, ou Da educação.*

1763. Publica *Meditações sobre a felicidade*, cuja segunda edição, de 1781, terá por nome *Discurso sobre a felicidade.*

1764. Pietro Verri e seu grupo editam o jornal *Il Caffè*, que sai a cada dez dias, de 1764 a 1766; participa do conselho que estuda um novo sistema de cobrança de impostos. Beccaria publica anonimamente *Dos delitos e das penas*, cuja revisão final cabe a Pietro Verri, que escreve juntamente com o irmão Alessandro a *Resposta às notas e observações sobre o livro Dos delitos e das penas*, em defesa de Beccaria contra os ataques do padre Facchinei.

1765. Torna-se membro do Supremo Conselho de Economia de Milão.

1766. Viagem de Alessandro Verri e Cesare Beccaria a Paris e ruptura entre este último e Pietro Verri, que passa a insistir na escassa originalidade de *Dos delitos e das penas*, segundo ele uma trama de citações roubadas a Montesquieu, Helvétius, Voltaire, Grevius, etc.

1770. Pietro Verri obtém vitória contra o sistema de cobrança indireta de impostos. Primeira redação das *Observações sobre a tortura*.
Nasce Hegel.

1771. Publica as *Meditações sobre a economia política*.
Morte de Helvétius.

1772. É nomeado vice-presidente do *Magistrato Camerale* de Milão.

1773. Publica o tratado sobre a *Índole do prazer*, reimpresso em 1781 com o título *Discurso sobre a índole do prazer e da dor*.

1775. Publicado em Zurique o *Tratado sobre a abolição da tortura*, de Sonnenfels.

1776. Casa-se com a sobrinha Marietta Castiglioni, de quem terá dois filhos. Começa a segunda redação das *Observações sobre a tortura*.
A imperatriz Maria Teresa abole a tortura nos Estados hereditários do Império austríaco. O senado milanês, porém, gozando de certa autonomia na matéria, recusa-se a adotar a medida.

1778. Morte de Jean-Jacques Rousseau. Abolição da Companhia de Jesus.

1780. Pietro Verri é nomeado presidente do *Magistrato Camerale*.

1781. Morte de Marietta Castiglioni, sua esposa.
Kant: *Crítica da razão pura*.

1782. Casa-se em segundas núpcias com Vicenzina Melzi; morre seu pai.

1783. Publica o primeiro volume de sua *História de Milão*.
Nasce Stendhal, que passará boa parte de sua vida em Milão.

1785. Kant: *Fundamentação da metafísica dos costumes*.

1786. Com a abolição do *Magistrato Camerale*, Verri é aposentado.

1790. Escreve os *Pensamentos sobre o estado político do ducado de Milão em 1790*, um reexame crítico do "despotismo esclarecido".

1794. Morre Cesare Beccaria.

1796. Aceita participar da Municipalidade Republicana de Milão, depois da invasão napoleônica da cidade.

1797. Morre durante uma sessão noturna da Municipalidade, no dia 28 de junho.

1804. Primeira edição das *Observações sobre a tortura*, em Milão.

OBSERVAÇÕES SOBRE A TORTURA

e particularmente sobre os efeitos que produziu por ocasião das unções maléficas às quais foi atribuída a peste que devastou Milão no ano de 1630.

1. *Introdução*

Entre os muitos homens de engenho e de coração que têm escrito contra a prática penal da tortura e contra a insidiosa manipulação dos processos que se efetuam secretamente no cárcere, não há nenhum que tenha causado impressão no espírito dos juízes e, assim, ousarei dizer que pouco ou nenhum efeito produziram. Partem eles, em geral, de sublimes princípios legais restritos ao conhecimento de alguns poucos pensadores profundos e, ao raciocinarem, ultrapassam a capacidade comum, e assim as mentes dos homens não apreendem do arrazoado senão um murmúrio confuso e se indignam com ele e criticam o espírito de novidade, o desconhecimento da prática, a vaidade de querer aparentar brilho, de onde resulta que, refugiando-se na sempre venerada tradição dos séculos, ainda mais se aferram e se apegam à prática que nos foi transmitida pelos antepassados. A verdade se insinua com mais facilidade quando o escritor, colocando-se no mesmo nível de seu leitor, parte das idéias comuns e, de modo constante e gradual, faz com que caminhe e se eleve até ele, do que quando a anuncia dos píncaros com raios e trovões, os quais atemorizam por um instante e depois deixam os homens exatamente no mesmo estado de antes.

Já faz muitos anos que a própria repulsa que sinto pelos procedimentos penais me levou a querer examinar a matéria em seus autores, cuja crueldade e absurdo me confirmaram mais e mais na opinião de considerar os tormentos infligidos no cárcere como uma tirania supérflua. Na época, fiz muitas anotações sobre o tema, as quais não foram aproveitadas. Da mesma forma, já há muitos anos refletindo sobre o processo que resultou na demolição da casa de um cidadão e, por decreto público, na construção da *Coluna infame* no mesmo local, duvidei a princípio que fosse possível o crime pelo qual foram condenados tantos infelizes, e depois me vi decididamente persuadido de que é impossível, física e moralmente, que existam ungüentos falsificados impunemente manuseáveis pelo autor, os quais, depois de ficarem expostos ao ar, nos muros das ruas, sejam capazes de causar a peste ao simples contato externo, e que possam vários homens se unir para trazer indiferenciadamente a morte a toda a sua cidade. Cai-me por acaso nas mãos o volumoso processo manuscrito que tratava desse caso, e com sua atenta leitura me vejo cada vez mais convencido de minha opinião. Este livro nasceu das observações feitas tanto sobre os autores criminalistas quanto sobre o caso dos ungüentos venenosos.

Desejo que o leitor imparcial julgue se minhas opiniões são verdadeiras ou não. Evitarei a grandiloqüência, ou ao menos isso me proponho, e se por vezes a natureza me fizer ouvir sua voz e minha reflexão nem sempre acorrer para sufocá-la, espero que seja perdoado e tentarei reprimi-la o mais que puder, pois não desejo seduzir nem a mim nem ao leitor, e quero caminhar serenamente até a verdade. Não espero glória alguma desta obra; ela versa sobre um caso ignorado pelo resto da Itália. Terei de mencionar trechos do processo, e serão as palavras de pobres desgraçados e incultos que falavam apenas o lombardo vulgar, não haverá eloqüência ou rebuscamento na escrita; desejo unicamente esclarecer um assunto que é importante; se a razão mostrar que é injusto, extremamente perigoso e cruel aplicar as torturas, a recompensa que terei será bem mais preciosa para mim do que a glória de ter escrito um livro; terei defendido a parte mais fraca e infeliz de meus irmãos. Se eu não conseguir expor claramente a barbárie da tortura tal como a sinto, meu livro deverá ser incluído no infinito rol dos supérfluos. De qualquer forma, mesmo que eu atinja meu fim e que, esclarecida a opinião pública, se instaure um método mais razoável e menos feroz para desvendar os crimes, sucederá a meu livro o mesmo que sucede aos andaimes, os quais, depois de erguida a construção, são derrubados, e como aconteceu ao Sr. Marq. Maffei que, ao destruir a ciência cavaleiresca e anular seus autores, anulou também seu próprio livro, que agora ninguém mais lê porque já não existe o objeto para o qual foi escrito.

A maioria dos juízes foi se tornando gradualmente insensível às dores das torturas em razão de um respeitável princípio, qual seja, sacrificar o horror dos males de um homem apenas suspeito em prol do bem geral de toda a sociedade. Os que defendem a prática penal o fazem julgando-a necessária à segurança pública e persuadidos de que, caso fosse abolido o rigor da tortura, os crimes permaneceriam impunes e se vedaria ao juiz o caminho para desvendá-los. Não acuso de vício a quem assim raciocina, mas creio que comete um erro evidente, e um erro cujas conseqüências são cruéis. Os juízes que no século passado condenavam as feiticeiras e os magos à fogueira também acreditavam estar limpando a terra de muitos inimigos ferozes, e no entanto estavam imolando vítimas ao fanatismo e à loucura. Foram alguns beneméritos homens que esclareceram seus semelhantes e, desmascarada a falácia que havia triunfado nos séculos precedentes, aquelas atrocidades passaram a ser evitadas e a elas se sucedeu um sistema mais humano e razoável. Espero que tal exemplo suscite ao menos a paciência de examinar comigo se a tortura é útil e justa, e talvez eu consiga demonstrar que esta é uma opinião tão infundada quanto foi a feitiçaria, embora conte a seu lado com a prática dos tribunais e com a veneranda tradição da antiguidade.

Começarei pelo caso da Coluna infame, e depois passarei a tratar da matéria em princípio; mas antes convém dar uma idéia da peste que assolou Milão em 1630.

2. Idéia da peste que devastou Milão em 1630

Ripamonti, mau argumentador, bom latinista, cronista inexato, mas sincero expositor das coisas de seu tempo, escreveu a história da peste ocorrida justamente na época em que vivia, e a simples idéia do extermínio a que esteve sujeita nossa Pátria naquele tempo desperta uma profunda compaixão. Trata-se nada menos do que da destruição de dois terços de seus habitantes. A crudelíssima peste foi das mais impiedosas de que há lembrança na história. À destruição física se somaram todas as mais terríveis catástrofes morais. Todos os laços sociais se romperam, nada mais se encontrava a salvo, nem os bens, nem a vida, nem a honestidade das mulheres, tudo estava entregue à desumanidade e à rapina de alguns péssimos homens, os quais agiam tão ferozmente no seio de sua mísera pátria moribunda como apenas um povo selvagem faria em país inimigo. Os *monati*, classe de homens designados para assistir os enfermos, invadiam as casas, levavam as coisas que lá encontravam, violavam impunemente as filhas e as esposas sob os olhos do pai ou marido agonizante, obrigavam os parentes a pagar um resgaste ao preço que quisessem, sob a ameaça de levar os filhos ou as mulheres, mesmo saudáveis, ao Lazareto. Os juízes, temendo pela própria vida, se recusavam a qualquer obrigação. Vários ladrões, fazendo-se passar por *monati*, invadiam e saqueavam todas as casas: tal é o espetáculo que nos é descrito por Ripamonti, que afirma ter chorado muitas e muitas vezes à visão de tão horrendas calamidades. Tais eram os costumes, tal era o espírito que movia nossos antepassados naquele tempo que, talvez demasiado incautamente, alguns fazem votos e gostariam que retornasse.

Convém começar a história dessa desventura por um despacho que, da corte de Madri, chegou ao marquês Spinola, então governador. O despacho vinha assinado pelo rei Filipe IV. O envio de um despacho era coisa bastante rara naqueles tempos e constituía um acontecimento que tomava conta de toda a cidade, pois um rescrito real não partia da corte a não ser por gravíssimas razões. O despacho informava ao governador que quatro homens tinham sido vistos em Madri, levando ungüentos para provocar a peste naquela cidade real, os quais haviam fugido, não se sabendo para onde tinham ido com os maléficos ungüentos, e por isso se informava ao governador para que este também velasse atentamente pela defesa da região de Milão. *Hae litterae*, diz Ripamonti, à p. 112, *quia Majestatis ipsius chirographo subsignatae fuerunt, grande sane momentum inclinandis ad pessima quaeque credenda animis facere potuerunt**. Naquele tempo, a ignorância sobre as coisas físicas era muito grande. Alguém terá então pensado: será possível formar uma matéria que pelo toque transmita a peste? Se for possível, poderá um homem trazê-la consigo sem cair vítima dela? Quatro homens reúnem-se para tal viagem e dão a volta ao mundo com a peste nas ampolas para disseminá-la! Para quê? Com que utilidade? Os poucos, porém, que pensaram deste modo não devem ter ousado manifestá-lo, pois a autoridade de um despacho e a opinião popular eram oponentes terríveis que expunham a um perigo demasiado grave aquele que anunciasse tal verdade. Difundiram-se pois a opinião e a suspeita geral sobre essas malignas unções.

Sabemos pela história como eram governados os povos sob Filipe IV. A peste vinda da Alema-

* "Este despacho, como era firmado pelo próprio punho do soberano, pôde exercer uma grande influência para inclinar os espíritos a crer no pior."

nha por Valtellina entrou livremente na região milanesa pouco depois da proclamação pública do despacho. Mas a opinião comum do povo, em vez de examinar e esclarecer o caso, preferiu obstinadamente acreditar que a anunciada peste era uma invenção artificiosa dos médicos com o fito de obter lucro. Essa desconfiança decorria talvez da longa série de fraudes toleradas pela classe superior. Inutilmente os médicos mais instruídos divulgavam as provas dos doentes que tinham visto morrer de peste, pois a plebe continuava considerando-os como os autores de um boato malevolamente inventado. Célebre é o fato ocorrido com o nosso venerável Lodovico Settala, grande homem para aqueles tempos, não tanto pela erudição, pela cultura, pela ciência médica e pelos conhecimentos de história natural, cujo museu ocupou o primeiro lugar entre os contemporâneos da Europa, quanto pela nobreza e virtude de caráter, que empregou seus talentos desinteressada e incansavelmente em benefício do povo. Montado a cavalo, como então era costume dos médicos, ele foi cercado pelo tumulto de uma multidão de homens, mulherzinhas, crianças e todo tipo de ralé, e depois, da maneira mais vil, insultado como o principal autor da idéia de que a peste estaria na cidade, a qual, dizia a turba aos brados, estava apenas nos pêlos de sua barba: *Ita gravissimus optimus-*

*que senex et antistes sapientae Septalius qui innumeris pene mortalibus vitam excellentia artis, quive multis etiam liberalitate sua subsidia vitae dederat ob petulantiam stoliditatemque multitudinis periculum adiit**, diz Ripamonti, p. 56.

Por fim, alastrando-se a peste e multiplicando-se diariamente o número de mortos, foi necessário desenganar o povo e persuadi-lo de que o mal infelizmente estava na cidade, e onde os discursos não surtiam nenhum efeito foi necessário expor sobre carroções as pilhas de cadáveres nus com os bubões venenosos e, assim percorrendo as ruas da cidade apinhada, esse espetáculo finalmente imprimiu a certeza nos espíritos, talvez contribuindo para alastrá-la ainda mais. Foi então que o povo recorreu furiosamente a todos os excessos de loucura. Nas catástrofes públicas, a fraqueza humana tende sempre a suspeitar de causas extravagantes em vez de julgá-las decorrentes do curso natural das leis físicas. Vemos os camponeses a atribuir o granizo não às leis dos meteoros, mas sim às feiticeiras. Vemos os próprios sábios romanos, no tempo em que eram rudes, isto é, o ano

....

* "Assim Settala, homem de venerável idade e ilustre sábio que com a excelência da arte médica havia salvo inúmeras vidas, e ademais tinha generosamente dado a muitos o necessário para a subsistência, devido à petulância e estultícia da multidão, se defrontou com um perigo mortal."

de Roma 423 sob *Cláudio Marcelo* e *Caio Valério*, atribuírem a peste que os afligiu a venenos preparados por uma conjuração extremamente inverossímil de matronas romanas, como diz *Lívio*, liv. VIII, cap. XII, dec. I: *Proditum falso esse venesis absumptos quorum mors infamem annum pestilentia fecerit**. Assim, não admira que mesmo em Milão, em meio a tanta e tão cruel desventura, sob um tão maligno flagelo, comumente se suspeitasse que a sua causa residia na maldade dos homens e se julgasse confirmado o dano previsto pelo despacho real, sendo o extermínio provocado pelos maléficos ungüentos. Tais opiniões, quanto mais extravagantes são, tanto mais crédito recebem, pois se julga que a causa de um efeito extravagante haverá justamente de ser extravagante, e se prefere apontar sua origem na perfídia humana, a qual pode ser refreada, do que na implacável física, que se subtrai às instituições humanas. Ademais, sabemos em que condições se encontravam os estudos naquele século, unicamente voltados às palavras e aos delírios da imaginação. Assim, a opinião sobre os ungüentos maléficos veio a prevalecer de maneira geral; qualquer nódoa que surgisse nos muros constituía um corpo de delito, qualquer ho-

....

* "Falsamente circulou que morreram envenenados aqueles cuja morte deu triste fama àquele ano, por causa da peste."

mem que inadvertidamente estendesse a mão para tocá-los era arrastado ao cárcere pela fúria popular, quando não era massacrado pela própria ferocidade do vulgo. Ripamonti menciona nas pp. 92 e 93 dois episódios de que foi testemunha ocular. Um sobre três viajantes franceses que, enquanto examinavam a fachada do Duomo, tocaram o mármore e foram gravemente espancados e arrastados ao cárcere bastante feridos; o outro sobre um pobre velho octogenário de condição civil que, antes de se sentar no banco da igreja de Santo Antônio, passou o manto sobre ele para desempoeirá-lo, gesto esse que, tido como uma unção, enfureceu o povo na própria casa do Deus da mansuetude, que o agarrou pelos ralos cabelos e pela barba, com socos, pontapés e todos os gêneros de pancadas, e não o largou antes de transformá-lo em cadáver. Tal era o espírito dos tempos.

A peste continuava a ceifar um número crescente de vítimas humanas e prosseguiam as discussões sobre suas origens, em vez de se tomarem medidas de defesa. Uns diziam que ela derivava de um cometa, que no mês de junho daquele ano foi visto *truci ultra solitum etiam facie**, como escreve Ripamonti, p. 110; outros atribuíam sua origem aos espíritos infernais, e havia quem dissesse ter

* "Com o aspecto ainda mais terrível do que o usual."

visto um senhor chegar à praça do Duomo, num magnífico coche puxado por seis cavalos brancos e cercado por um numeroso cortejo. Notou-se que o senhor apresentava uma fisionomia escura e afogueada, olhos flamejantes, hirsuta cabeleira e o lábio superior ameaçador. Ao entrar em casa, viram-se tesouros, espectros, demônios e seduções de toda espécie para aliciar os homens e levá-los a abraçar a causa diabólica: pode-se ver mais longamente a história de tais opiniões no citado Ripamonti, p. 77. Entre tais delírios se perdiam os cidadãos mais distintos e os próprios magistrados, e em vez de darem ordens precisas para segregar os habitantes, em vez de intimarem que cada qual permanecesse em sua casa, enviando homens probos aos diversos bairros para ministrar o que fosse necessário a cada família, único remédio capaz de impedir a transmissão do mal, e remédio que, aplicado desde o início, teria talvez aplacado a peste com menos de cem homens, em vez, digo eu, de tudo isso, encomendou-se com uma piedade muito equivocada uma procissão solene em que se reuniram todas as categorias de cidadãos e, transportando o corpo de São Carlos por todas as ruas freqüentadas da cidade, e por vários dias expondo-o sobre o altar-mor do Duomo às preces do povo aglomerado, a peste se propagou prodigiosamente por toda a cidade, onde, a partir de então, começou a se contar um número de até novecentos mortos por dia. Em uma palavra, toda a cidade afundada na mais funesta ignorância se entregou aos mais absurdos e atrozes delírios; pessimamente elaborados foram os regulamentos, estranhíssimas eram as opiniões reinantes, todo laço social foi miseramente desfeito pelo furor da credulidade supersticiosa, uma anarquia destruidora assolou tudo, de modo que as opiniões naquela funestíssima época flagelaram nossos míseros antepassados bem mais virulentamente do que a física. Recorreram a astrólogos, a exorcistas, à Inquisição, às torturas, tudo caiu presa da peste, da superstição, do fanatismo e da rapina, de maneira que a verdade proscrita não pôde manifestar-se em lugar algum. Cento e cinqüenta mil cidadãos milaneses pereceram massacrados pela ignorância.

3. Como nasceu o processo contra Guglielmo Piazza, comissário da Saúde

Enquanto a peste adensava mais do que nunca a procissão já mencionada, na manhã do dia 21 de junho de 1630 uma viúva de nome *Catterina Troccazzani Rosa*, que morava na *ponte*[1] que atravessa a *vedra de' Cittadini*, viu pela janela *Guglielmo Piazza* que, do *Carrobbio*, entrou na rua e, encostado ao muro da direita, entrando passou sob a *ponte*, e depois junto à Casa de *San Simone*, ou seja, no final da *Casa Crivelli* que então tinha um grande loureiro[2], voltou atrás. O mesmo foi observado por outra mulher de nome *Ottavia Persici Boni*.

....

1. Hoje, em 1777, enquanto escrevo, ainda existe e atravessa a estrada.

2. Hoje, há um loureiro que se vê ser muito antigo e que ultrapassa o muro do jardim. Na casa não mora ninguém da família Crivelli. Ali moram os senhores Cattaneo. Os livros paroquiais de San Lorenzo registram que ali foram batizados filhos de muitas famílias Crivelli de 1623 a 1634; os pais das crianças batizadas foram Vicenzo, Oliviero, Gianpietro, Andrea, Cristoforo, Gabriele, Gianpaolo, Francesco, Antonio, Lodovico e Innocenzo, todos Crivelli casados cujos filhos se batizaram.

A primeira delas disse no interrogatório que *Piazza de tempos em tempos estendia as mãos para trás até o muro*; a outra disse que, nos muros do jardim Crivelli, *ele tinha um papel na mão sobre o qual colocou a mão direita me parecendo que queria escrever, e depois vi que, erguendo a mão do papel, a esfregou sobre o muro.*

Declaram que isso aconteceu às oito horas, que já era dia e estava chovendo. As duas mulheres espalharam imediatamente pela vizinhança o boato de terem visto quem fazia as unções maléficas e depois, no processo, *Troccazzani Rosa* disse que *o tinha visto fazendo certos gestos em torno dos muros que não me agradaram nada.* O boato, como se evidencia pelo processo, logo se espalhou de boca em boca; foram verificar se os muros estavam sujos e observou-se que, à altura de um braço e meio do chão, havia uma gordura amarela, e isso particularmente sob a porta de *Tradati*[3] e perto da saída da casa do *barbeiro Mora.* Queimou-se palha no local das unções, o muro foi descascado, e o bairro todo ficou em polvorosa.

Desconsidere-se a impossibilidade do delito. Nada mais natural, quando chove numa cidade co-

....

3. Neste distrito, ainda hoje mora Giuseppe Tradati com sua mãe viúva; mas, não sendo em casa própria e pagando aluguel ao proprietário Sr. Ceriano, não sei se ele tem algo em comum com aquelas pessoas que ali moravam um século e meio atrás.

mo a nossa, do que andar rente ao muro, abrigando-se da chuva. Não se comete um crime tão atroz em dia claro, no momento em que os vizinhos podem observar pelas janelas; nada mais fácil do que enodoar quantos muros se quiser com a proteção da noite. Com esse boato, o capitão de justiça foi até o local no dia seguinte, interrogou as duas mulheres citadas e, embora estas não tenham dito que o muro ficou enodoado nos pontos em que *Piazza* pôs as mãos, nem que os sítios em que se viu a untura amarela correspondiam aos lugares tocados, mesmo assim foi decretada a prisão do comissário da Saúde *Guglielmo Piazza*.

Se o infeliz *Guglielmo Piazza* tivesse cometido um delito de tamanha atrocidade, seria bem natural que, atento aos efeitos que daí poderiam decorrer e ciente do rumor de toda a vizinhança sobre o dia anterior, bem como da vistoria formal do capitão de justiça, no dia 22, dos locais públicos da rua, tivesse procedido a uma fuga imediata. Os esbirros o encontraram à porta do presidente da Saúde ao qual era subordinado e lhe deram voz de prisão. A casa do comissário Piazza foi prontamente revistada, e o processo mostra que não se encontraram ampolas, vasos, ungüentos ou dinheiro, nem coisa alguma que levantasse suspeitas contra ele.

Tão logo foi conduzido ao cárcere, *Guglielmo Piazza* foi imediatamente interrogado pelo juiz, e depois das primeiras perguntas indagaram-lhe se conhecia os deputados da paróquia, ao que ele respondeu que não os conhecia. Interrogado se sabia que os muros tinham sido untados, disse que não sabia. Estas duas respostas foram julgadas *mentiras* e *inverossimilhanças*. Por estas mentiras e inverossimilhanças, foi levado à tortura. O infeliz protestava ter dito a verdade, invocava Deus, invocava São Carlos, bradava, gritava de dor, pedia um gole de água para se restaurar e, finalmente, para que o suplício parasse, disse: *Façam-me descer que direi o que sei*. Desceram-no ao chão e, novamente interrogado, respondeu: *Não sei nada, V.Sa. mande me dar um pouco de água*, com o que foi novamente erguido e torturado, e depois de um longuíssimo suplício, durante o qual queriam que desse os nomes dos deputados, ele, sempre gritando: *Ah Senhor, ah São Carlos, se eu soubesse, diria*, depois, desesperado pelo martírio, gritava: *Matem-me, matem-me*, e insistindo o juiz em lhe pedir *que agora se resolva a dizer a verdade, por que nega conhecer os deputados da paróquia e saber que os muros foram untados*, aquele infeliz respondeu: *A verdade eu disse, não sei nada, se soubesse teria dito, se querem me matar que me matem*, e gemendo e gritando como homem em agonia persistiu sempre nas mesmas palavras, até que *submissa voce** ficou

* "Em voz baixa."

repetindo ter dito a verdade, e perdidas as forças parou de gritar, sendo então arriado e reconduzido ao cárcere.

Que inverossimilhança existia nas respostas do desafortunado Guglielmo Piazza? Ele morava na Rua de *S. Bernardino* e não na *Vedra*, podia muito bem ignorar um fato conhecido por aquela vizinhança. Que obrigação tinha aquele pobre homem de saber quem eram os deputados da paróquia? Que perigo correria em dizê-lo, se os conhecesse? Que perigo correria se também declarasse saber que os muros na *Vedra* estavam untados?

O senado foi informado do interrogatório feito e do resultado dos tormentos infligidos àquele infeliz: o senado decretou que o presidente da Saúde e o capitão de justiça, com a assistência do *fiscal Tornielli*, deviam novamente supliciar Piazza *acri tortura cum ligatura canubis et interpollatis vicibus arbitrio** etc., e é de notar o adendo: *abraso prius dicto Guglielmo, et vestibus curiae induto, propinata etiam si ita videbitur praefatis Praesidi et Capitaneo potione expurgante***, e isso porque naqueles tempos acreditava-se que poderia existir um amu-

....

* "Com rudes torturas, amarrado com corda de cânhamo e algumas pausas a intervalos, ao arbítrio dos executores."

** "Antes raspando o dito Guglielmo e fazendo-o vestir roupas do tribunal, e fazendo-o ingerir – se for considerado oportuno pelos supraditos presidente e capitão – uma poção de purgante."

leto ou pacto com o demônio nos pêlos e cabelos, ou nas roupas ou, por deglutição, até nos intestinos, e que, raspando, despindo e dando um purgante à pessoa, tal pacto se desfaria. Em 1630, quase toda a Europa se encontrava envolta nessas trevas supersticiosas.

Comove toda a humanidade a cena da segunda tortura com a corda de cânhamo que, deslocando as mãos, fazia com que elas se dobrassem sobre os braços, enquanto o osso do ombro saía de sua cavidade. *Guglielmo Piazza* exclamava enquanto se preparava o novo suplício: *Me matem que vou gostar, porque a verdade eu já disse*, e depois, enquanto se iniciava o crudelíssimo deslocamento das juntas, dizia: *Que me matem os que estão aqui*. Depois, aumentando a tortura, gritava: *Oh Deus, estou sendo assassinado, não sei nada, e se soubesse alguma coisa não estaria até agora sem dizer.* O martírio prosseguia e aumentava gradualmente, o presidente da Saúde e o capitão de justiça sempre insistindo para que ele respondesse sobre os deputados da paróquia e o besuntamento dos muros. Gritava o desventurado Guglielmo: *Não sei nada; cortem minha mão, matem-me. Oh Deus meu, oh Deus meu!* Os juízes continuavam sempre a insistir, sempre a encruecer mais e mais, e ele respondia exclamando e gritando: *Ah Senhor, estou sendo assassinado! Ah Deus, estou morrendo!* Horroriza acompanhar essa cena atroz! A repetidas instâncias, ele proferia sempre o mesmo, protestando ter dito a verdade, e os juízes novamente queriam que dissesse a verdade, e ele respondia: *Que querem que eu diga?* Se lhe tivessem sugerido uma acusação imaginária, ele teria se acusado; mas não podia ter sequer o recurso de inventar os nomes de pessoas que não conhecia. Exclamava: *Oh, que assassinato!*, e finalmente, depois de uma tortura durante a qual foram escritas seis páginas de processo, continuando ainda a dizer com voz débil e abafada: *Não sei nada, já disse a verdade, ah, não sei nada!*, depois de um longuíssimo e crudelíssimo martírio, foi reconduzido ao cárcere.

4. *Como o comissário Piazza foi acusado réu das unções pestilenciais e acusou Gian Giacomo Mora*

Ripamonti cita uma circunstância de extrema crueldade: terminada a tortura de Piazza, os juízes ordenaram que fosse reconduzido ao cárcere com os ossos deslocados tal como estavam, sem recolocá-los no lugar, e que o horror de prosseguir na dor havia levado Piazza a tomar sobre si a acusação: mas no processo que tenho em mãos não vejo nenhum vestígio disso. Este mostra que Piazza recebeu a promessa de impunidade quando confessasse o crime e nomeasse os cúmplices. É bem plausível que, no próprio cárcere, esse infeliz tenha se persuadido de que, a persistir nas negativas, a dor recomeçaria diariamente, que o crime era tido por certo, e que não lhe restava outro recurso a não ser admiti-lo e dar os nomes dos cúmplices, com o que salvaria a vida e se subtrairia às torturas prontas para uma renovação diária. Piazza, portanto, pediu e obteve a impunidade, com a condição, porém, de expor sinceramente o fato. Eis por que, no terceiro interrogatório, ele compareceu e, sem qualquer tortura ou ameaça, confessando ter untado os muros, muito atento para agradar a seus juízes, começou a dizer que o ungüento lhe fora dado pelo barbeiro que morava na esquina da Vedra (onde atualmente se encontra a Coluna infame), que esse ungüento era amarelo e que recebeu uma quantidade de cerca de três onças. Interrogado se mantinha amizade com o barbeiro, respondeu: *É amigo de trocar bom-dia e boa-tarde.* Como se simples conhecidos, amigos de *bom-dia e boa-tarde*, fossem trocar confidências sobre um crime tão colossal! Como prosseguiu esse acordo tão medonho? Eis as palavras exatas. O barbeiro, num primeiro impulso, disse a Piazza, que estava passando em frente da botica: *Tenho não sei quê para dar depois; eu lhe perguntei o que era, e ele disse é um não sei que ungüento, e eu disse venho depois para pegá-lo, e assim, três dias depois, ele me deu.* Assim começa esse romance inventado. E continua. Piazza disse que, quando o barbeiro lhe fez tal oferta, *havia três ou quatro pessoas, mas agora não lembro quem eram, mas vou me informar com um que estava comigo chamado Matteo que é fruteiro e vende camarões no Carrobbio, a quem vou mandar perguntar, pois ele saberá me dizer quem eram os que estavam com o dito barbeiro.* Quem iria acreditar que se maquinem conjuras tão atrozes dessa maneira, na presença de quatro testemunhas? E no entanto acreditou-se: primeiro, que a peste que sabidamente vinha de Valtellina fosse obra de venenos fabricados em Milão. Segundo, que se possam fabricar venenos que, depois de expostos ao ar livre, ao simples contato provocam a morte. Terceiro, que, se existissem tais venenos, um homem pudesse manuseá-los impunemente. Quarto, que se possa formar no coração humano o desejo de matar os homens de forma tão displicente. Quinto, que um homem, quando culpado de tal quimera, fosse continuar despreocupado depois dos comentários de dois dias e se deixasse prender. Sexto, que o preparador de tal suposto veneno, em vez de besuntar pessoalmente os muros, fosse desnecessariamente procurar cúmplices. Sétimo, que, para escolher um cúmplice de tal abominação, seus olhos recaíssem sobre um simples conhecido. Oitavo, que tal confidência fosse feita na presença de quatro testemunhas e que Piazza assumisse a tarefa sem conhecê-los e com a vaga esperança de ganhar um presente prometido por um pobre barbeiro! Coloquem-se essas oito proposições num dos pratos da balança. No outro prato, coloque-se um profundo medo do suplício e das dores sofridas, que obriga um inocente a mentir, e que aí a razão pese e decida qual dos dois pratos traz mais inverossimilhanças. E na França, naqueles tempos, a marechala d'Ancre foi queimada como feiticeira por sentença do tribunal de Paris. Toda a Europa estava imersa bem mais profundamente nas trevas do que hoje. É de observar que o sortilégio e a feitiçaria também se imiscuíram nesse pavoroso emaranhado: o infeliz Piazza, para justificar o fato de não ter contado antes essa história ou, como então dizia o juiz, *ter dito a verdade*, respondeu que o atribuía a uma água que o barbeiro lhe deu a beber – já a razão pela qual essa água não funcionou no terceiro interrogatório, como tinha feito nos dois primeiros, isso ninguém investigou.

Com essas bases, deu-se voz de prisão ao barbeiro Gian Giacomo Mora, e o que também vale notar é que o capturaram em sua casa, onde estava com a mulher e os filhos[4] (naquela casa que depois foi destruída, para que ali se erguesse a Coluna infame). O primeiro interrogatório de Mora mostra que ele estava a par do falatório sobre a unção feita no bairro na sexta-feira, dia 21 de junho, e que também sabia da prisão do comissário

4. Os livros paroquiais de San Lorenzo registram o batismo de quatro filhas de Sr. Giò Giacomo Mora e Clara: 1616, no último dia de janeiro, *Anna*; 1618, 29 de janeiro, *Clara Valeria*; 1623, 12 de janeiro, *Teresa*; 1624, 5 de junho, uma outra *Teresa*, pelo que é plausível que a anterior tivesse morrido. Em casa se encontrava provavelmente esta última, que acaba de completar seis anos de idade. Se as duas primeiras também se encontravam por lá, uma teria completado 14 anos, e a outra 12 anos, e é plausível que tenham acompanhado o pai.

Piazza efetuada no dia 22, que foi um sábado; na quarta-feira, dia 26, se ele fosse culpado, ter-se-ia deixado apanhar em casa? Tudo o que se passou no momento da prisão confirma a inocência e a surpresa desse infeliz. Ele havia preparado para o comissário um ungüento que fabricava para se proteger do mal contagioso, passando-o nas têmporas e nas axilas, cuja receita foi descrita posteriormente e que, naquela época, era conhecido pelo nome de *ungüento do enforcado*. O comissário mandou que o barbeiro lhe preparasse tal pomada, e foi preso antes que esta lhe fosse entregue. *Mora* pensou que estivesse sendo preso por ter fabricado o ungüento, da alçada dos boticários. Lamentava ser preso por um motivo desses: *Se por acaso* (diz ele quando é detido em casa, antes de ser conduzido à prisão) *vocês vieram em casa por eu ter feito aquela pomada sem poder fazê-la, não sei o que fazer, eu a fiz para o bem e para a saúde dos pobres*, e depois dizia ao esbirro: *Não amarre minhas mãos, porque não cometi nenhum crime*, e depois, suspirando e batendo um pé, exclamou: *Louvado seja Deus!*

Na minuciosíssima revista feita na casa, em presença de *Mora*, este deu explicações sobre os potes de ungüentos e pomadas e de outros pós e pílulas que foram encontrados na botica. Depois, no quintal de sua pequena casinha, observou-se *um forninho com um caldeirão de cobre pendurado, no qual se encontrou água turva, em cujo fundo se viu uma matéria viscosa amarela e branca que, no teste de atirá-la à parede, grudava nela.* Quem iria acreditar que um veneno poderosíssimo, cujo mero toque leva à morte, seria mantido num pátio aberto, num caldeirão à vista de todos, numa casa onde moravam outras mulheres e outros homens, pois Mora tinha filhos e mulher, como também consta do processo! As crianças em tenra idade e a filha para a qual havia feito um ungüento contra os vermes podiam ser participantes do segredo! Podia-se deixar em plena liberdade um veneno que mata ao contato, colocando-o num caldeirão pendurado no muro do quintal! Depois de seis dias de um processo tão solene, seria possível que o fabricante e distribuidor do ungüento mantivesse aquele corpo de delito à vista, com toda a calma, no quintal! Nenhum desses pensamentos ocorreu ao juiz. Interrogado sobre o que continha aquele caldeirão, Mora respondeu durante a revista: *É cenrada*, isto é, lixívia. Depois, novamente interrogado no primeiro exame, respondeu: *Senhores, eu não sei nada, foram as mulheres que fizeram, perguntem a elas que o dirão, e eu sabia tanto dessa cenrada quanto imaginava que hoje seria preso, e isso é coisa que fazem as mulheres e com a qual eu não me incomodo.* Interrogada sobre este assunto, a mulher do desventurado Mora, de nome Chiara Brivia, respondeu ter feito a barrela quinze dias antes e ter deixado a lixívia *no caldeirão que está lá no quintal.*

Essa lixívia devia ser o corpo do delito. Foram consultadas algumas lavadeiras. *Margherita Arpizanelli*, antes de examinar a lixívia, propala sua teoria dizendo ao juiz: *Sabe V.Sa. que com a cenrada usada dá para fazer excelentes venenos?* Vê-se que o fanatismo estava no auge, e que as pessoas consultadas, à custa de inventar novas propriedades desconhecidas, queriam sacrificar uma vítima e julgavam servir a Deus e à Pátria inventando um crime. Essa lavadeira *Arpizanelli* examina a lixívia e formula seu juízo: *Esta cenrada não é pura, mas dentro dela há coisas fraudadas porque a cenrada pura não tem tanta borra nem é desta cor, porque fica bem branca e não é pegadiça como esta, a qual tem uma cor feia e é pegadiça e tem borra e parece coisa gordurosa, mas a verdadeira cenrada, quando se mexe o balde em que ela está, toda a dita borra se mexe.* Pouco depois, o mesmo juízo foi dado pela outra lavadeira *Giacomina Andrioni*, que disse: *Parece-me que há alguma alteração e se vê que a cenrada, quanto mais se mexe dentro dela, mais negra e mais infame fica. Com a cenrada ruim e estragada se fazem grandes porcarias e tóxicos.* Não creio que algum químico conseguisse fazer um veneno com água de barrela. Além disso, numa botica de barbeiro, onde se lavavam panos sujos, feridas e emplastros, que coisa mais natural seria encontrar um sedimento viscoso, gorduroso, amarelo, depois de vários dias de verão!

O julgamento dos médicos não foi menos funesto. O médico colegiado *Achille Carcano* concluiu com esta opinião: *Não observei muito bem o que faz a cenrada, mas digo que, no tocante à untuosidade que se vê nesta água, pode ser causada por algum pano untuoso lavado nela, como guardanapos, toalhas e coisas semelhantes, mas como na borra daquela água vi e observei a qualidade do depósito que há ali, e a quantidade em relação à pouca água, digo e concluo que, a meu juízo, não pode ser cenrada de maneira nenhuma.* As duas lavadeiras a consideram uma cenrada *com coisas fraudadas* e com algumas *alterações*; o médico diz que *não é cenrada* de forma nenhuma, e o assevera porque, em proporção ao sedimento, há pouca água, como se depois de quinze dias a céu descoberto, no mês de junho, a maior parte da água não pudesse ter se evaporado! É um horror ver com que ignorância e furor procederam tanto os examinadores quanto os examinados, e quão toldada estava qualquer centelha de humanidade e razão naquelas ferozes circunstâncias! Outros dois, a saber, o médico *Giambattista Vertua* e *Vittore Bescapè*, logo a seguir chegaram à mesma decisão do médico *Carcano*, e concluíram que não sabiam o que poderia ser aquele composto do caldeirão.

Com esse julgamento e com o depoimento do comissário Piazza, que na própria acareação com o barbeiro Mora sustentou a acusação levantada contra ele, Mora sempre exclamando e dizendo: *Ah Deus, misericórdia! isso nunca se descobrirá*, o processo continuou em andamento.

Terminada a acareação, Mora foi submetido ao segundo interrogatório. *Piazza* tinha dito que estivera na casa de *Mora*, e havia citado *Baldassarre Litta* e *Stefano Buzzi* como testemunhas do fato. Indagado no dia 29 de junho *se tinha visto Piazza na casa ou botica de Mora, Litta* respondeu: *Não, senhor.* Interrogado no mesmo dia *se sabe se entre Piazza e o barbeiro há alguma amizade, Buzzi* respondeu: *Pode ser que sejam amigos e que se cumprimentassem, mas isso eu não saberia dizer a V.Sa.* Interrogado *se sabe se o dito Piazza esteve na casa ou botica do dito barbeiro*, respondeu: *Não saberia dizer a V.Sa.* Tais foram os depoimentos das duas testemunhas citadas por *Piazza* para provar que estivera na casa do barbeiro. O barbeiro negava que *Piazza* tivesse ido à sua casa. Com esta negativa, o barbeiro foi submetido a crudelíssimas torturas com a corda de cânhamo. Isso se deu no dia 30 de junho. O pobre pai de família *Gian Gia-*

como Mora, homem corpulento e gordo, segundo descreve o processo, antes de prestar o juramento se ajoelhou diante do crucifixo e rezou, e depois de beijar o chão se levantou e prestou juramento. Quando começaram os tormentos, exclamou: *Jesus, Maria, não me abandonem. Ah Jesus Cristo, Jesus Cristo, não me abandone, estou morrendo.* A tortura aumentava e ele gritava, protestava sua inocência e dizia: *Vejam o que querem que eu diga e eu direi.* Fere a humanidade acompanhar essa cena, que parece encenada não por homens, mas por aqueles espíritos maléficos que, segundo nos dizem, se divertem em atormentar os homens. Para ser poupado, o infeliz Mora prometeu que diria a verdade se parassem as torturas; elas foram interrompidas. Arriado ao solo, disse: *A verdade é que o comissário não tem nenhuma convivência comigo.* O juiz lhe respondeu *que esta não é a verdade que prometeu dizer, por isso se resolva a dizê-la, pois do contrário se voltará a suspendê-lo e amarrá-lo.* Replicou o desgraçado Mora: *Faça V.Sa. o que quiser.* Renovaram-se os suplícios e Mora gritava: *Que a Virgem Santíssima me ajude.* O juiz continuava a querer a verdade, e ele repetia: *Vejam o que querem que eu diga e eu direi.* O excesso de dor no momento era o que o dominava, e finalmente Mora disse: *Dei a ele, o comissário, um potinho cheio de porcaria, isto é, de esterco para que empor-*

calhasse os muros. Com tal expediente, cessou a tortura, e então, para não ser novamente submetido às agonias, ele disse: *Era esterco humano, cenrado, porque ele, isto é, o comissário, me pediu para emporcalhar as casas, e com aquele pus que sai da boca dos mortos.* Veja-se a criação forjada pela mente de um miserável oprimido pela dor. O esterco e a lixívia não bastavam para provocar a morte, ele inventa a saliva dos pestilentos; depois, prosseguindo as perguntas e as respostas, *Mora* disse que recebeu do *comissário Piazza* uma libra daquele pus da boca dos pestilentos e o colocou no caldeirão para fazer aquele composto com o qual muitas pessoas adoeceriam, o comissário teria muitos clientes e o barbeiro com sua pomada ganharia muito. Conclui dizendo que o acordo foi feito, *assim ficando combinado, conversamos.*

Piazza, que havia obtido a impunidade, não tinha dito nada daquilo. Dizia que tinha sido convidado por Mora. Como juntar clandestinamente uma libra de baba! Como recolhê-la sem contrair a peste! Como colocá-la no caldeirão, de onde resultaria o empesteamento da mulher e dos tenros e incautos filhos! Como conservá-la depois das providências formais da justiça e deixar um tal corpo de delito! Como esperar lucro com a venda da pomada, como se na época faltassem doentes! Não se pode conceber um romance mais triste e mais absurdo. No entanto, acreditava-se em tudo que fosse atroz e condizente com as funestas paixões daqueles tempos infelizes. No dia seguinte, ou seja, 1º de julho, Mora foi chamado ao interrogatório para ver *se há alguma coisa a acrescentar ao exame e confissão que fez ontem depois que foi dispensado da tortura*, e ele respondeu: *Não, senhor, não tenho coisas a acrescentar, tenho antes coisas a retirar*. Interrogado, ele respondeu o que tinha a retirar: *Não fiz de jeito nenhum aquele ungüento que disse, e o que disse eu disse por causa da tortura*. Ante tal declaração, foi-lhe feita a ameaça de que, caso se retratasse da verdade já dita no dia anterior, *para obtê-la será submetido a tormentos*. A isso respondeu Mora: *Repito que aquilo que disse ontem não tem nada de verdade e disse por causa da tortura. Postea dixit V.Sa. me deixe dizer uma ave-maria e depois farei o que o Senhor me inspirar, postea genibus flexis se posuit ante imaginem Cruxifixi depictam et oravit per spatium unius miserere, deinde surrexit mox rediit ad examen. Et iterato juramento**, *interrogado: Que se resolva agora a dizer se o exame que fez ontem e o conteúdo dele são verdadeiros Res. t [respondeu]: Em consciên-*

....

* "Depois ajoelhado se postou diante de um quadro do crucifixo e orou pelo tempo de um miserere, então se levantou e voltou ao interrogatório. E repetido o juramento..."

*cia minha, não tem nada de verdade. Tunc jussum fuit duci ad locum tormentorum** com aquilo que se segue, e então, amarrado, enquanto se recomeçava a cruel carnificina, ele gritou que o soltassem, que não lhe aplicassem *mais torturas, pois a verdade que declarei, quero mantê-la*; então o soltaram e o reconduziram à sala do interrogatório, onde, novamente interpelado *se é verdade como disse acima que o interrogatório que fez ontem é a verdade no modo em que foi posta*, respondeu: *Não tem nada de verdade. Tunc jussum fuit iterum duci ad locum Tormentorum* etc., e assim, com essa alternância, por fim teve de sucumbir e preferir qualquer coisa à desesperada pressão dos tormentos. Ratificou o interrogatório anterior e se encontrou novamente na situação de dar prosseguimento ao funesto romance imaginário. Eis como é inverossímil o relato. Diz ele então que aquele *Piazza* que mal conhecia de vista e com o qual, segundo o que também consta no processo, não tinha familiaridade, aquele Piazza, então, *Na primeira vez que conversamos me deu o pote daquele pus e me disse assim: Arranje-me um pote com este pus com o qual, untando as aldrabas e os muros, bastante gente ficará doente e nós dois ganharemos com isso*. Que verossimilhança! Se Piazza tinha

....

* "Então se ordenou que fosse conduzido ao local da tortura."

o material num pote, por que entregá-lo ao barbeiro para que lhe *arranjasse um pote*? Será que faltariam doentes naquela época em que morriam oitocentos cidadãos por dia? Qual a necessidade de contaminar as pessoas? Por que não besuntar imediatamente? Não há sensatez nisso. E aí como o barbeiro preparava esse ungüento mortal? Eis como: *Tomavam-se*, prossegue o infeliz Mora, *três coisas, um tanto de uma, isto é, do pus que me dava o comissário, do esterco humano um outro terço, e da borra da cenrada um outro terço e se misturava tudo muito bem, e não entrava nenhum outro ingrediente nem fervura.* O esterco e a água da barrela só poderiam enfraquecer a atividade da baba dos pesteados.

Assim tecido esse segundo romance em contradição com o primeiro, Piazza, que obtivera a impunidade sob a condição de ter dito toda a verdade, é novamente chamado ao interrogatório e, indagado se sabia de que matéria era composto e de que modo era fabricado o ungüento que lhe foi dado pelo barbeiro, respondeu que não sabia. Replicou o juiz se ao menos sabia se alguém tinha dado pus ao barbeiro para fabricar aquele ungüento, e Piazza respondeu: *Não, senhor, não sei.* Se Piazza tivesse dado a baba dos pesteados, já que tinha a impunidade contando exatamente tudo e devia esperar o suplício se não o contasse com exatidão, como mutilaria a circunstância principal no momento em que o suposto cúmplice, isto é, o barbeiro Mora, a revelasse sob tortura? Portanto, se não há a comprovação de que *Piazza* tenha fornecido a baba, vê-se que a história forçada de *Mora* é inventada. O juiz também poderia fazer esse mesmo raciocínio; mas, infelizmente, a razão não teve nenhuma participação em todo aquele suplício. O juiz então disse a Piazza que, pelo processo, se deduzia que ele havia fornecido a baba dos mortos ao barbeiro, e com isso o juiz novamente o interrogou assim: *Que diga por que em seu interrogatório e confissão, que fez para gozar de impunidade, não declarou esta particularidade, essência do delito, como deveria ter feito*, ao que respondeu Piazza: *Não retirei nem levei ao barbeiro a sujeira extraída da boca dos mortos de peste, e do resto que confessei no momento em que fui interrogado não me lembrei e por isso não disse*. Então lhe foi notificado que, por não ter mantido a fidelidade em expor a verdade e por ter *diminuído sua confissão*, já não poderia gozar da impunidade de regra, a despeito da declaração que lhe fora feita a princípio. A esta ameaça, Piazza se decidiu de súbito a concordar que havia fornecido a baba e que dera ao barbeiro, não uma libra, como disse o pobre *Gian Giacomo Mora*, mas *mais ou menos um pratinho num prato de terra*. A seguir, obrigado pelo interrogatório a contar o prosseguimento de tudo aquilo, eis a resposta cujo absurdo se patenteia por si só. Assim, pois, respondeu o desgraçado Piazza: *Eu agi instado e solicitado pelo dito barbeiro, o qual me pediu para fazer isso com a promessa de me dar uma quantia de dinheiro, mas não a especificou, dizendo que havia uma pessoa importante que lhe havia prometido uma grande quantidade de dinheiro para fazer tal coisa, e embora eu lhe pedisse que me dissesse quem era esta pessoa importante, ele não quis me dizer, mas somente me disse para me dedicar à tarefa e untar os muros e portas, que ele me daria uma quantia de dinheiro*. Cabe lembrar que o barbeiro era um homem pobre, e basta ver o espaço que ocupava sua pobre casinha. Além disso, era um pai de família com mulher e filhos, e não um ocioso e vagabundo que pudesse ser escolhido para um tal horror. Até aqui, à força de torturas e ameaças, encontrou-se uma maneira de fazer coincidir os dois romances e obrigar o contraditório a confirmar a fábula daquele que falara antes. A partir dessa resposta, surgem agora em campo duas coisas absolutamente novas. Uma é que o barbeiro teria prometido *uma quantia de dinheiro*; a outra é que entrou *uma pessoa importante* no caso, sendo que *Mora* não tinha mencionado nenhuma delas. Portanto, *Mora* foi novamente submetido ao exame; interpelado se tinha prometido uma quantia de dinheiro a Piazza, respondeu ele, no quinto interrogatório do dia 2 de julho de 1630: *Não, senhor: e donde quer V.Sa. que eu tire essa quantia de dinheiro!* Então o juiz lhe disse, o que constava em processo, tanto sobre o dinheiro quanto sobre a pessoa importante, e o intimou que dissesse a verdade. Mora respondeu com essas palavras: *V.Sa. não quer senão a verdade, e a verdade eu disse quando fui torturado e disse até demais*, final este que mostra que o infeliz também teria retirado toda a funesta fábula apresentada, se não temesse novos tormentos: *E disse até demais!* Disse-o ainda mais claramente quando, em 2 de julho, lhe foram formalmente atribuídos os crimes e estabelecido o curto prazo de apenas dois dias para fazer sua defesa, questão sobre a qual se lê no processo que o defensor público assim disse ao notário: *Por obediência estive com o Sr. Presidente e lhe falei, estive ainda com Mora, o qual me disse abertamente que não cometeu nenhum crime e que disse aquilo por causa das torturas, e como eu lhe disse abertamente que não queria nem podia assumir o encargo de defendê-lo, ele me disse que ao menos o Sr. Presidente faça o favor de lhe dar um defensor e não queira permitir que tenha de morrer indefeso*, donde se vêem outras coisas: o fato de *Mora* achar que teria morte certa e toda a ferocidade do fanatismo que o rodeava deviam ter sido suficientes para persuadi-lo; que, embora julgasse a morte certa, dizia abertamente que havia mentido por causa das torturas, e, por fim, que o furor chegara ao ponto de a defesa dessa desventurada vítima ser considerada uma ação má e desonrosa, visto que o defensor público dizia não querer nem poder assumir o encargo. O prazo para a defesa foi então prorrogado.

5. Das opiniões e métodos do procedimento penal naquela ocasião

Para que se possa ter uma idéia precisa e genuína do modo de pensar daquela época, creio ser oportuno transcrever um interrogatório que faz parte deste horrível processo; na verdade, ele é apenas um episódio secundário na tragédia de *Piazza* e *Mora*, mas, como aí se vêem nitidamente a loucura feroz, a superstição, o delírio, vou transcrevê-lo com exatidão, colocando à margem distintamente as observações que me ocorrem. Eis o interrogatório.

No supramencionado dia 8 de julho.

Quando eu, o notário Gallarati, quis me distanciar do local supramencionado chamado "la Cassinazza", um jovem me disse estas palavras textuais.

Quero que V.Sa. me aceite em sua esquadra e eu direi o que sei.

Então tendo prestado juramento etc.

Interrogado sobre seu nome, sobrenome, local de nascimento, filiação.

Resp. [Respondeu]: Eu me chamo Giacinto Maganza e sou filho de um frade que se chama frade Rocco que atualmente se encontra in S. Giõ la Conca, e sou milanês e muito conhecido em Porta Ticinese[5].

Inst.s: O que você quer dizer, diga o que sabe.

Resp.: Titubeando. Eu direi a verdade, é um camareiro que dá quatro dobrões por dia. Então se calou, cerrando os dentes[6].

E instado de novo a dizer o que pretendia e a terminar o que começou a dizer.

Resp.: É Baruello, dono da estalagem de San Paolo in Compito, e logo disse, é também parente do estalajadeiro de Gambaro.

Inst.s: Que diga como se chama o dito Baruello.

Resp.: Chama-se Gian Stefano.

Int.s: Que diga o que fez o dito Baruello.

Resp.: Já confessou que se encontraram cobras e venenos em sua cantina.

Int.s: Diga o interrogado como sabe essas coisas.

Resp.: O cunhado dele me pediu para ir procurar cobras com ele.

....

5. É de notar que, hoje em dia, se um frade mantém um caso com uma mulher, geralmente é por alguma escapadela, de modo que seria difícil assegurar que o filho fosse seu. Mesmo que fosse, ele não ousaria reconhecê-lo e o filho não ficaria sabendo. Portanto, o costume da época devia ser mais relaxado.

6. Começa como louco ou como endemoninhado.

Int.s: Que diga exatamente o que lhe disse o dito cunhado e onde foi.

Resp.: Ele me disse em certa oportunidade que em Porta Ticinese me chamam pelo apelido de Romano, e me disse, vamos sair pela Porta Ticinese até a Rosa d'Oro, ali atrás, num jardim, que ele tinha de procurar cobras, sapos e lagartos e outros animais, que depois obrigam a comer uma criatura morta, e quando os ditos animais comeram aquela criatura, guardam as panelas debaixo da terra e fazem os ungüentos e depois dão para aqueles que untam as portas, porque aquele ungüento atrai mais do que o ímã[7].

Int.s: Diga o interrogado se viu tal ungüento.

Resp.: Sim, senhor, eu o vi.

Int.s: Diga onde e com quem viu o ungüento.

Então se calou, cerrando os lábios e os dentes[8] *e instado a responder alegremente* [sic] *à pergunta feita a ele.*

Resp.: Eu o vi na estalagem da Rosa d'Oro.

Int.s: Diga com quem e em que recipiente estava tal ungüento.

....

7. Um louco varrido não faria um discurso mais absurdo do que este, e no entanto foi registrado com seriedade. O ungüento maléfico, segundo o romance de Mora, se compunha de baba, esterco e barrela; agora, segundo o filho do frade Maganza, era composto de serpentes, sapos etc., alimentados com carne humana, e na época não se sabia que esses animais não comem carne.

8. Realmente um diálogo de insanos.

Resp.: Estava com Baruello.

Int.s: Diga quando foi que Baruello estava com tal ungüento.

Resp.: Faz quinze dias e era uma quarta-feira, se não me engano, e o dito Baruello estava com ele numa panela grande, e tinha-a enterrado no meio da horta da dita estalagem da Rosa d'Oro com mato por cima[9].

Int.s: Diga o interrogado se algum dia usou este ungüento.

Resp.: Se eu tiver usado duas caixinhas, que me cortem o pescoço[10].

Int.s: Diga onde usou tal ungüento.

Resp.: Usei no campo de Monza[11].

Int.s: Diga em que local exato de Monza usou tal ungüento.

Resp.: Usei nas barras das Igrejas porque esses aldeões, logo que acabam de ouvir a missa, se abaixam e se apóiam nas barras e por isso eu as untava[12].

....

9. A um relato tão estranho e brutal, caberia objetar algumas dúvidas mais do que necessárias. Quem vos revelou essa receita do ungüento, quando e onde? Vistes a pessoa prepará-lo, onde e quando? Por quais marcas reconheceis este ungüento? Como sabeis que foi Baruello quem o preparou? Como sabeis que é mortal, quais provas disso vistes? Como manuseá-lo sem riscos? Tudo isso foi omitido. O fanatismo queria encontrar o culpado depois de ter imaginado o crime.

10. Resposta indireta à qual nem sequer se fez uma objeção.

11. Parece uma pomada perfumada que se devia passar.

12. A resposta não tem relação com a pergunta. Este não passava de um imbecil. Assim, por diversão, andava de um lugar a outro manuseando venenos que matariam as pessoas!

Int.s: Diga precisamente onde ficam as barras untadas pelo interrogado, conforme disse.

Resp.: Untei em Barlassina, Meda e Birago, e não me lembro de ter estado em outro lugar[13].

Int.s: Diga quem deu o ungüento ao interrogado.

Resp.: Foi Baruello e Gerolamo Foresaro num papel na margem do canal de Porta Ticinese, perto da casa do dito Foresaro, que é perto da ponte de' Fabri[14].

Int.s: Diga o que os ditos Foresè e Baruello disseram ao interrogado quando lhe deram tal ungüento.

Resp.: Quando me deram tal ungüento foi quando eu tinha acabado de chegar do Piemonte e me encontraram atrás do canal de Porta Ticinese, e Baruello me disse: Ei, Romano, como vai? Vamos beber vinho branco, estou contente por te ver com boa cara, e assim fomos à estalagem, e logo disse à doceira dos seis dedos em Porta Ticinese e pagou o vinho branco e não sei que biscoitinhos e depois me disse, vem cá, Romano, quero pregar contigo uma peça em alguém e por isso pega este ungüen-

....

13. E diz que são localidades da região de Monza! Quem conhece o mapa do ducado haverá de notar que ficam num lugar totalmente diferente! Monza fica ao norte de Milão, e os locais citados ficam a oeste.

14. Note-se que, portanto, recebeu o ungüento do cuteleiro, perto da ponte de' Fabri, e num papel, e não mais em duas caixinhas.

to[15]*, que me deu num papel, e vai até a estalagem de Gambaro e vai lá em cima onde está um grupo de cavalheiros*[16] *e se perguntarem o que você quer, não diga nada, mas que você foi lá para servi-los e depois unte-os com esse ungüento*[17]*, e assim eu fui e untei na dita estalagem de Gambaro os que estavam lá, eu estava na sacada do lado esquerdo e entrei lá para lhes servir bebida fingindo brincar um pouco, isto é, para comer alguns bocados, e assim untei as costas deles com aquele ungüento e ao vestir os mantos neles untei também a gola e o pescoço com minhas mãos, e com isso creio que depois morreram dessa untura*[18].

Int.s: Diga se sabe precisamente se algum dos que foram untados pelo interrogado, como dito acima, depois morreu ou não.

Resp.: Creio que terão morrido mesmo, porque só tocando a roupa com o dito ungüento já morrem, então não sei como é se tocar o corpo, como eu fiz.

....

15. Agora já não recebeu o ungüento à margem da vala de P. Ticinese, perto da casa do cuteleiro, e sim na doceira dos seis dedos.

16. Se a estalagem de Gambaro ficava, na época, no mesmo local onde se encontra atualmente, tão afastada, seria difícil que todo aquele grupo se reunisse por lá.

17. Por brincadeira. Que loucura!

18. E tudo para pregar uma peça! É a narrativa de um louco furioso.

Int.s: Diga como fez o interrogado para não morrer tocando este ungüento tão forte, pelo que diz[19].

Resp.: Isso às vezes depende da boa constituição das pessoas. Depois disso, sendo tarde, o interrogatório foi suspenso.

Este interrogatório, por si só, basta para dar ao leitor uma idéia precisa do modo de pensar e de proceder naqueles desventuradíssimos tempos. Julguei conveniente citar fielmente um interrogatório para que se vejam as coisas na fonte e não restem dúvidas de que o gosto pelo paradoxo, o prazer de difundir uma nova doutrina ou a vaidade de derrubar uma opinião comum jamais me fazem aumentar as coisas para além do limite exato da verdade. O método com o qual se procedeu foi, portanto, este. Tomou-se por certo que o homem no cárcere era culpado. Torturou-se tanto até que ele foi obrigado a se dizer culpado. Foi forçado a inventar um romance e nomear outros réus; estes foram presos, e com base no depoimento do primeiro foram submetidos à tortura. Sustentavam sua inocência; mas era-lhes lido o que constava do interrogatório anterior do acusador e se persistia na tortura até que concordassem.

....

19. Eis um dos raríssimos lampejos de lucidez que se encontram neste tenebroso processo.

Outra prova da loucura daqueles tempos é o longuíssimo interrogatório feito em 12 de setembro a *Gian Stefano Baruello*, que recebeu a sentença de morte do senado no dia 27 de agosto (morte que, após as tenazes, o decepamento da mão, a fratura dos ossos e o supliciamento na roda durante seis horas, finalmente se consumava com o degolamento), a qual foi suspensa com o oferecimento da impunidade, caso o condenado revelasse os cúmplices e relatasse o caso com exatidão. Este, portanto, teceu uma história longuíssima e sumamente inverossímil, segundo a qual o filho do castelão de Milão surgia como autor dessa atrocidade para se vingar de um insulto recebido em Porta Ticinese, e se pretendia que o Sr. *Don Gio. Padilla*, filho do castelão, tivesse se aliado a *Foresè*, *Mora*, *Piazza*, *Carlo Scrimitore*, *Michele Tamburrino*, *Giambattista Bonetti*, *Trentino*, *Fontana*, etc., e vários outros do populacho. Sendo-lhe depois objetado que, tendo ordem para o assassinato de Porta Ticinese, ele havia mandado espalhar o ungüento em outras portas, e acusado de extrema inverossimilhança em seu relato, eis o que respondeu Gian Stefano Baruello em seu interrogatório de 12 de setembro de 1630.

E depois de dizer isso e lhe ser replicado que não era verossímil, foi exortado a dizer a verdade.

Resp.: Uh! uh! uh! Mas se não posso dizer esticando o pescoço e tremendo em todo o corpo e dizendo V.Sa. me ajude, V.Sa. me ajude.

Foi-lhe dito que se eu soubesse o que quer dizer, poderia ajudá-lo, mas que faça algum gesto para que se entenda em que quer ser ajudado, e podendo lhe será dada ajuda.

Então novamente começou a se contorcer, a abrir os lábios cerrando os dentes, e por fim disse: V.Sa. me ajude, Senhor, ah meu Deus! Ah meu Deus!

Então lhe foi dito: Você tem talvez algum pacto com o diabo? Não hesite e renuncie aos pactos; entregue sua alma a Deus, que ajudará você.

Então ajoelhado disse: Diga o que devo dizer, Senhor.

E foi-lhe dito que devia dizer: Eu renuncio a qualquer pacto que tenha feito com o diabo e entrego minha alma às mãos de Deus e da Virgem Santa, pedindo a ele que me liberte do estado em que me encontro e me aceite como sua criatura.

Depois de ter dito isso com devoção e suficiente sinceridade, ao que se pôde ver, ergueu-se e querendo de novo falar prorrompeu em sons inarticulados, esticando o pescoço, cerrando os dentes, tentando falar e não conseguindo, finalmente disse: Aquele padre francês.

E depois de dito isso, atirou-se ao chão e procurou se esconder num canto distante do banco, dizendo:

Ah meu Deus, ah meu Deus, ajude-me, não me abandone.

E foi-lhe perguntado o que temia.

Resp.: Está ali, está ali, aquele padre francês com a espada na mão que me ameaça, veja-o, veja-o, lá em cima daquela janela.

E foi-lhe dito que ficasse calmo pois ali não havia ninguém, e que se persignasse e se recomendasse a Deus e que renunciasse de novo aos pactos que tinha com o diabo e se entregasse a Deus e à Virgem Santa.

Depois de ter dito essas palavras, ele disse de novo: Ah Senhor, ele vem, ele vem com a espada nua na mão, palavras que repetiu cinco vezes e fez gestos que costumam fazer os possessos pelo demônio, e soltava espuma pela boca e sangue pelo nariz, sempre tremendo e gritando: Não me abandone, socorro, socorro, não me abandone.

Então se ordenou que fosse trazida água benta e que se chamasse um sacerdote; feito isso, o possesso foi aspergido. Tendo então chegado o sacerdote e narradas a ele todas as coisas acima descritas, ele abençoou o local e em particular a janela onde o dito Baruello afirmava encontrar-se aquele padre com a espada nua na mão e em gesto ameaçador; o sacerdote recorreu a muitos exorcismos e com a autoridade a ele concedida por Deus em virtude de seu ministério declarou nulo qualquer pacto com o diabo, ou melhor, o anulou e o tornou sem valor; nesse ínterim, o dito Baruello disse gritando: Esconjure aquele Gola Gibla, contorcendo o corpo como os possessos, e finalmente, terminado o exorcismo, o sacerdote se retirou.

Solicitado várias vezes a falar, Baruello prorrompeu nessas palavras.

Senhor, aquele padre era um francês que me tomou pela mão e, erguendo uma varinha negra com cerca de um palmo de comprimento, que tinha sob as vestes, com ela fez um círculo e depois pegou um livro de tamanho in-fólio, como papel fino de carta, mas tinha a grossura de três dedos, e o abriu e eu vi nas folhas círculos e letras por toda a volta e me disse que era a Clavícula de Salomão e disse que eu devia dizer como ele estas palavras Gola Gibla, *e depois disse outras palavras hebraicas, acrescentando que não devia sair fora do círculo porque me aconteceria algum mal, e naquele momento surgiu no mesmo círculo um homem de calças que na hora se disse padre* etc. O punho larga a pena, e não é possível continuar a transcrever um tal tecido de loucuras demasiado sérias e funestas naquela época. O resultado de um longuíssimo falatório desse infeliz, que esperava obter a vida e a impunidade com um romance de acusações, foi atribuir a autoria ao *Cav. e D. Giõ di Padilla*, que com a colaboração de *Fonta-*

na, Mora, Piazza, Vaccaria, Licchiò, Saracco, Fusaro, um *barbirolo* de Porta Comasina, um tal *Pedrino Daziaro, Magno, Bonetti, Baruello, Gerolamo Foresaro, Trentino, Vedano*, mandou espalhar os venenosos ungüentos.

Os clamores públicos atribuíam essas unções, alguns aos alemães, outros aos franceses que queriam destruir a Itália, outros aos hereges e particularmente aos genebrinos, outros ao duque de Sabóia, outros, não se sabe bem como, a alguns cavalheiros milaneses aprisionados pelo Papa e enviados a Milão; outros, finalmente, ao *conde Carlo Rasini*, a *Don Carlo Bossi* e, sobretudo, ao *Cav. di Padilla*. Dizia-se que em todos os bairros da cidade havia dois barbeiros com o encargo de fabricar os ungüentos, e que eram empregadas mais de 150 pessoas para fazer as unções. Que vários banqueiros pagavam prodigamente a esses emissários, e entre eles *Giambattista Sanguinetti, Girolamo Turcone* e *Benedetto Lucino*, e que estes desembolsavam qualquer soma sem pedir recibo a qualquer homem que se apresentasse a eles em nome do *Cav. di Padilla*. A partir de tais absurdos, embora minuciosos exames não tenham permitido localizar nenhuma anotação, nem mesmo equívoca, nos livros dos negociantes acima mencionados, estes passaram a ser submetidos a cruéis torturas. Descobriu-se que o *Cav. di Padilla*, na época em que pretensamente teria maquinado e dirigido este atentado em Milão, estava em Mortara e outras regiões do Piemonte, onde combatia à frente de sua companhia em defesa desse Estado. Vale a pena transcrever a resposta que deu durante o processo, quando foi considerado culpado por essas unções. Assim disse ele: *Eu me admiro muito que o senado tenha chegado a uma resolução tão grave, vendo-se e constatando-se que esta é uma franca impostura e falsidade cometida não só contra mim, mas contra a própria justiça.* E tinha toda a razão em dizê-lo, pois pela própria narrativa do delito patenteava-se a grosseira impostura. *Como!,* prosseguiu esse cavalheiro, *um homem de minha condição, que passei a vida a serviço de Sua Majestade em defesa deste Estado, nascido de homens que fizeram o mesmo, iria fazer ou sequer pensar uma coisa que traria um tal grau de infâmia a eles e a mim! E volto a dizer que isso é falso e é a maior impostura que jamais foi feita a homem algum.* Esta resposta dada no impulso caloroso do sentimento é, talvez, a única passagem nobre que se lê em todo o infeliz volume que examinei. O crime certamente não utiliza tal linguagem, e o *Cav. di Padilla* estava seguramente bem acima do nível de seus juízes e de sua época.

A série das imputações feitas ao Cav. di Padilla se evidencia a partir do próprio relatório do crime e nela se distingue a essência dos romances inventados com a tortura. Apresentarei apenas seu resumo, pois a narração completa seria demasiado tediosa, e colocarei à margem as observações oportunas. Resultou, pois, a seguinte versão.

Por volta do princípio do mês de maio, o Sr. Cav. di Padilla, perto da igreja de S. Lorenzo, falou com o barbeiro Giacomo Mora[20], ordenando-lhe que fizesse um ungüento para ser aplicado aos muros e portas, donde resultaria a morte das pessoas[21], assegurando-lhe que dinheiro não faltaria, e que não receasse porque *encontraria muitos companheiros*[22]. *A seguir, numa outra ocasião, poucos dias depois, deu-lhe dobrões para que procedesse às unções, encontrando-se presente um cavalheiro de nome Crivelli*, e o acordo foi feito por um certo *Don*

....

20. Consta do mesmo processo que o Cav. di Padilla esteve em Milão apenas uma vez, de passagem, durante a Semana Santa, e uma outra vez, de passagem, no dia de São Pedro. É o que dizem ele mesmo e três criados seus, que foram interrogados; é o que diz *Vedano*, ao ser interrogado. Patenteia-se que nos outros dias esteve sempre no Exército para os lados de Casale Mortara etc., à frente de sua companhia. Portanto, no começo de maio, não poderia estar conversando com *Mora* perto de San Lorenzo, em Milão.

21. Que bela e plausível ordem! É realmente um encargo de pouca importância, e sobretudo de facílima execução! A mesma declaração seria feita posteriormente, com o mesmo ímpeto, em relação a um pai de família, que vive honestamente de seu ofício! O leitor pensará que eu mutilei a narrativa, de tão absurda que é!

22. Justamente, o perigo a se recear seria o de se ter companheiros que o descobrissem.

Pietro di Saragoza[23]; posteriormente, o barbeiro foi avisado de que os banqueiros Giulio Sanguinetti e Gerolamo Turcone tinham ordens de subministrar todo o dinheiro necessário a quem quer que se apresentasse a eles em nome de *D. Giõ di Padilla*[24]. *Carlo Vedano*, aliás mestre de esgrima, foi o intermediário para induzir *Gian Stefano Baruello* a fazer tais unções[25] e levou *Baruello* à praça do Castelo, onde se encontravam *Pietro Francesco Fontana*, *Michele Tamborino*, um padre e dois outros vestidos à francesa, talvez de S. Cav., e deu dinheiro a *Baruello* para untar e igualmente mandar *Girolamo Foresaro* untar as tesouras das mulheres, e lhe entregou um recipiente de vidro quadrado, dizendo-lhe: *Este é um pote do ungüento que se fabrica em Milão e tenho uma centena de cavalheiros que me fazem esses serviços e este pote não ficou bom*; então, ordenou-lhe que pegasse sapos,

....

23. Das dez pessoas do castelo e outras mais, quando interrogadas se conheciam *D. Pietro di Saragoza*, nenhuma foi capaz de fornecer o menor indício de que existisse no mundo alguém com esse nome, e o *Cav. di Padilla* disse que jamais ouvira uma referência a ele.

24. Os dois míseros banqueiros foram cruelmente torturados por terem dito que não receberam tal ordem e que não entregaram dinheiro algum. Em seus livros, não se encontrou nenhum registro, e no entanto se acreditou que haviam dado dinheiro a qualquer um que se apresentasse citando *Padilla*, sem nenhum recibo em troca.

25. O mísero Vedano, torturado com as cordas, conseguiu resistir entre as dores e, em meio aos horrores, sustentou que não sabia de nada.

lagartos etc., e os fervesse em vinho branco e misturasse tudo junto. Depois, como *Baruello* temia tocar no pote, por medo de que lhe fizesse mal, o Sr. Cav. lhe ensinou a tocá-lo sem receio. Depois veio o círculo feito pelo padre e pelo homem de calças, que foram mencionados. A seguir, o Sr. Cav. teria dito a *Baruello* que não hesitasse, pois, se a coisa caminhasse como deveria, esse Cav. se tornaria *senhor de Milão e quero fazer de vós os primeiros acrescentando de novo que, se por acaso chegasse às mãos da justiça, não confessaria nada em momento algum.* Tal é o relatório do caso instaurado contra o filho do castelão, o qual, embora tenha sido desmentido por todas as outras pessoas interrogadas (entre elas, os três infelizes *Mora*, *Piazza* e *Baruello*, que haviam sacrificado toda a verdade à violência da tortura), serviu de base a um vergonhosíssimo processo-crime.

6. *Da insidiosa cavilação utilizada no processo contra alguns infelizes*

Reprimo violentamente a natureza e, superada a repulsa que provocam tantas atrocidades, transcreverei na íntegra o interrogatório feito ao pobre mestre de esgrima Carlo Vedano. A cena é extremamente cruel, e meu punho a transcreve a duras penas; mas se o calafrio que sinto servir para poupar nem que seja apenas uma vítima, se se deixar de infligir uma única tortura graças ao horror que passo a expor, será bem empregado o doloroso sentimento que me toma, e essa esperança é minha recompensa. Eis o interrogatório.

1630 Die 18 septembris etc.

Trazido do cárcere Carlo Vedano etc.

Int.s: Que diga se resolveu dizer a verdade melhor do que tem feito até agora sobre as coisas que lhe foram interrogadas e que foram mantidas por Giõ Stefano Baruello na acareação.

Resp.: Ilmo Sr., não sei nada.

Foi-lhe dito que diga por que, quando interrogado, se tinha comido na casa de Gerolamo cozinheiro, que mantém a estalagem lá em San Sisto, em companhia de Baruello, não contente em dizer não uma vez, respondeu: Não senhor, não senhor, não senhor[26].

Resp.: Porque não é verdade.

Foi-lhe dito que, para negar uma coisa, basta dizer apenas uma vez, e que aquela réplica: Não senhor, não senhor, não senhor, mostra o calor com que a nega e que a nega por uma razão maior do que a de não ser verdade.

Resp.: Porque não estive lá[27].

Foi-lhe perguntado por que se acalorava dessa maneira.

Resp.: Porque não estive lá, Ilmo. Sr.

Foi-lhe novamente perguntado por que, quando interrogado se havia algum dia comido com o dito Baruello na estalagem na praça do Castelo, respondeu, não senhor, nunca, nunca, nunca.

....

26. Baruello, como foi dito acima, já condenado à morte, tendo recebido a impunidade sob a condição de revelar o fato e os cúmplices, ditou seu romance, do qual fazia parte esta cena. Foram interrogadas duas mulheres da estalagem, que disseram que não viram Vedano, mas que também não viam todos os fregueses.

27. Também poderia dizer: Porque sou esquentado – o ofício de um mestre da espada não é fleugmático por natureza. No interrogatório, um acusado não pode manter uma grande serenidade.

Resp.: Mas, senhor, comi lá uma vez, não sozinho, mas em companhia de Francesco Barbiere, filho de Alfonso, e quando respondi não senhor, nunca, nunca, nunca, me referia a ter comido somente com Baruello.

Foi-lhe dito primeiro que não lhe foi perguntado se tinha comido lá com Baruello sozinho ou em companhia de outros, mas simplesmente se tinha comido com ele nas ditas estalagens, por isso lhe é dito que nisso se revela um mentiroso, pois antes negou e agora confessa, e ademais lhe é dito que se quer saber dele por que negou ter comido lá com tanto exagero e não lhe bastou dizer não, e ainda acrescentou aquelas palavras nunca, nunca, nunca.

Resp.: Mas, senhor, porque nunca comi lá além daquela vez, e entendi que V.Sa. indagava se eu tinha comido sozinho com ele, e quanto ao segundo digo que desabafei assim porque nunca comi lá.

Foi-lhe de novo perguntado por que, quando interrogado se algum dia tratou um serviço com Baruello para o Sr. D. Giõ, respondeu não e, sendo-lhe replicado que isso seria mantido na acareação, respondeu que isso nunca se descobriria, e sendo-lhe novamente replicado que já se descobrira, respondeu com palavras interrompidas, será uh! uh! uh!

Resp.: Porque nunca falei com ele.

Int.s: Quem é esse ele?

Resp.: O filho do Sr. castelão.

Foi-lhe perguntado por que, quando interrogado esta manhã se havia resolvido dizer a verdade melhor do que tinha feito ontem à tarde, não contente em responder que ontem à tarde havia dito a verdade, prorrompeu nestas palavras: Porque eu sou inocente dessa coisa que me imputam, palavras estas, além de serem despropositadas, pois nunca foi interrogado sobre a imputação que lhe teria sido feita, mostram ainda que ele sabe que alguma coisa lhe foi imputada e, no entanto, interrogado que imputação seria esta, disse não saber, e por isso lhe é dito que, além de se querer saber dele por que deu aquela resposta despropositada, quer-se ainda saber que imputação é esta que lhe foi feita[28].

Resp.: Eu disse isso porque não cometi nenhum crime.

Foi-lhe novamente perguntado por que, quando interrogado se, ao passar pela praça do Castelo com o dito Baruello, viram alguém, primeiro respondeu não; depois acrescentou: Mas, senhor, havia gente indo e vindo e indagado por que, então, havia dito: Não, senhor, respondeu, pensei que a pergunta era se eu tinha visto algum dos nossos

....

28. Era público o comentário sobre o Sr. Cav. Padilla. Baruello havia mantido seu romance inventado durante a acareação, segundo o qual ele seria o mediador do acordo sobre o ungüento. A imputação era evidente.

companheiros, acrescentando: Não, senhor, asseguro pela Virgem Santíssima que não cometi nenhum crime, sendo que estas últimas palavras, como foram despropositadas, não tendo sido até agora interrogado especificamente sobre delito algum, obrigam o juiz a querer saber por que as disse e por isso ele é interrogado agora para que diga por que disse essas palavras despropositadas com tanto exagero.

Resp.: Porque não cometi nenhum crime.

Foi-lhe dito que se quer uma resposta mais adequada para todas as coisas que lhe foram interrogadas agora, do contrário se recorrerá aos tormentos para obtê-la[29].

Resp.: Volto a dizer que não cometi nenhum crime e tenho muita fé na Virgem Santíssima, que me ajudará, porque não cometi nenhum crime, não cometi nenhum crime[30].

Então se ordenou que fosse conduzido ao cavalete e ali também fosse submetido à tortura da corda, para que respondesse de maneira adequada às interrogações a ele feitas, como acima e não de outra maneira etc., sempre sem prejuízo do que havia sido confessado e provado e dos outros direi-

....

29. Torturar um homem por tais cavilações rebuscadas!

30. Seu modo de expressão, como se vê, era o de repetir suas frases, como aqui: Não cometi nenhum crime, não cometi nenhum crime, e, acima: Não senhor, não senhor etc.

tos etc. Depois do que foi levado e lhe foi repetido o juramento de dizer a verdade e depois de prestado o juramento etc., foi novamente interrogado[31].

Int.s: Para se resolver a responder adequadamente às interrogações já feitas como acima, do contrário será amarrado e torturado.

Resp.: Porque não cometi nenhum crime, Ilmo. Sr.

Então, sempre sem prejuízo, como acima, exclusivamente para o efeito acima declarado, primeiramente vestido com as roupas do tribunal, ordenou-se que fosse amarrado, e depois foi suspenso a um cordame pelo braço esquerdo, e depois disso foi-lhe amarrada uma corda no braço direito, e foi novamente interrogado.

Int.s: Para se resolver a responder adequadamente às interrogações feitas como acima, pois do contrário se apertarão as cordas.

Resp.: Não cometi nenhum crime, sou cristão, faça V.Sa. Ilma. o que quiser.

Então, sempre sem prejuízo, como acima, ordenou-se apertar, e enquanto era apertado foi novamente interrogado.

Int.s: Para se resolver a responder adequadamente às interrogações feitas.

....

31. Essa corda consistia numa meada com a qual se amarrava o pulso e se torcia até que a mão se soltasse; deslocada do osso do braço, ela se dobrava sobre o próprio braço.

Resp.: Ah, Virgem Santíssima (gritando), não sei nada.

De novo instado a dizer a verdade, como acima.

Resp.: (Gritando) Ah, Virgem Santíssima de São Celso, não sei nada.

Foi-lhe dito que diga a verdade, isto é, que responda adequadamente, caso contrário se apertará com mais força.

Resp.: Ah, senhor, não fiz nada.

Então se ordenou que se apertasse com mais força e enquanto era apertado se repetiu o mesmo.

Int.s: Para se resolver a dizer a verdade adequadamente.

Resp.: (Gritando) Ah, senhor Ilmo., não sei nada.

Instado a responder adequadamente como acima.

Resp.: Estou aqui por engano, não cometi nenhum crime, misericórdia, Virgem Santíssima.

Int.s: De novo instado para que responda adequadamente como acima, pois do contrário se apertará com mais força.

Resp.: (Gritando) Não sei, Ilmo. Sr., não sei, Ilmo. Sr.

Então se ordenou que se apertasse com mais força e enquanto era apertado foi novamente interrogado.

Int.s: Para que responda adequadamente como acima.

Resp.: (Gritando) Ah, Virgem Santíssima, não sei nada.

Então, amarradas as mãos por trás, foi alçado sobre o cavalete.

Int.s: Para se resolver a responder adequadamente às interrogações já feitas.

Resp.: (Gritando) Ah, Ilmo. Sr., não sei nada.

Int.s: Para que responda adequadamente como acima.

Resp.: Não sei nada, não sei nada, que martírios são estes infligidos a um cristão! Não sei nada.

E novamente instado como acima.

Resp.: Não cometi nenhum crime.

Então, em todo caso se ordenou que fosse retirado do cavalete e fosse raspado, depois do que foi retirado, e enquanto era raspado foi de novo interrogado[32].

Int.s: Para que responda adequadamente como acima.

Resp.: Não sei nada, não sei nada.

E tendo sido raspado foi de novo alçado ao cavalete.

Int.s: Para agora se resolver a responder adequadamente.

....

32. Parecia estranho que resistisse a tamanha tortura, e julgava-se que estivesse com um talismã nos cabelos, e por isso se procedeu à raspagem.

Resp.: (Gritando) Desçam-me daqui que eu digo a verdade.

Foi-lhe dito que comece a dizê-la que depois será retirado.

Resp.: (Gritando) Desçam-me que eu digo.

Obtida esta promessa, foi posto no chão, e então interrogado.

Int.s: Que diga a verdade que prometeu dizer.

Resp.: Ilmo. Sr., mande-me desamarrar um pouquinho que eu digo a verdade.

Foi-lhe dito que comece a dizê-la.

Resp.: Foi Baruello quem veio encontrar-me em Porta Ticinese e me pediu para ir com ele por causa de certo trigo que tinha sido roubado, e disse que apanharíamos um aldeão, e que ele tinha uma coisa para lhe dar que o faria dormir, mas não fomos até lá. Depois disse: Meu senhor, mande-me desamarrar um pouco, e digo que V.Sa. há de gostar[33].

Foi-lhe dito que comece a dizer e depois será desamarrado.

Resp.: Ah, senhor, mande-me desamarrar que certamente lhe darei gosto, lhe darei gosto.

....

33. Somente pelo tempo que é necessário para escrever este interrogatório, é fácil perceber o quanto durou o horror dessa desgraça. É de notar que, mesmo arriado ao chão, ele continuava a sofrer a tortura da corda, pois pedia que fosse afrouxada. É também de notar esse *há de gostar*: julgava-se que havia prazer em pendurar e aplicar as tenazes. Que horror!

Obtida esta promessa, ordenou-se que fosse desamarrado e depois de desamarrado foi interrogado:

Int.s: Que diga a verdade que prometeu dizer.

Resp.: Ilmo. Sr., não sei o que dizer, não sei o que dizer, não se verificará jamais que Carlo Vedano tenha cometido alguma infâmia[34].

Instado a dizer a verdade que prometeu dizer, pois do contrário será de novo amarrado e torturado sem qualquer perdão.

Resp.: Mas se eu não fiz nada.

Novamente instado como acima.

Resp.: Sr. senador, estive na casa do senhor Gerolamo comendo com Baruello, mas não me lembro do dia exato.

E como não queria prosseguir, ordenou-se que fosse novamente amarrado ao cordame com o braço esquerdo e com o braço direito à corda de cânhamo, e assim amarrado, antes de ser apertado.

Foi interrogado: Que responda adequadamente como acima.

Resp.: Pare; V.Sa., espere, Sr. senador, que eu quero dizer tudo.

Foi-lhe dito que então diga.

Resp.: Se eu não sei o que dizer[35].

....

34. Aqui também, ele repete: Não sei o que dizer, não sei o que dizer, como acima, o Sr. há de gostar, há de gostar; era sua maneira de se expressar.

35. É a resposta mais ingênua possível. Se lhe sugerissem um romance, ele o inventaria, só para interromper a tortura.

Então se ordenou que se apertasse e enquanto era apertado gritava: Esperem que quero dizer a verdade.

Foi-lhe dito que comece a dizê-la.

Resp.: Ah, senhor, se eu soubesse o que dizer, eu diria (e gritou) ah Sr. senador!

Foi-lhe dito que, se quiser, que diga a verdade.

Resp.: Ah, senhor, se eu soubesse o que dizer, eu diria!

E foi instado a dizer a verdade como acima.

Resp.: (Gritando) Ah senhor, senhor, não sei nada.

E ordenou-se que fosse apertado com mais força, e enquanto era apertado foi de novo instado a se resolver a dizer a verdade prometida e responder adequadamente.

Resp.: (Gritando) Não sei nada, senhor, senhor, não sei nada.

E depois que foi submetido à tortura por um espaço de tempo suficiente e parecendo sofrer muito, visto que não se podia esperar nada mais dele, ordenou-se que fosse desamarrado e reconduzido ao cárcere, e assim foi feito.

7. *Como terminou o processo das unções pestíferas*

Se eu quisesse colocar sob os olhos do leitor a cena exata dos horrores metodicamente praticados naquela ocasião, deveria transcrever todo o processo. Deveria incluir as torturas aos banqueiros, a seus escriturários e a outras pessoas civis, torturas extremamente cruéis aplicadas para obrigá-los a confessar que seu banco fornecia qualquer quantia de dinheiro a qualquer desconhecido, desde que mencionasse *Don Giõ de Padilla*, e dinheiro que era desembolsado sem passar nenhum recibo e sem registrar a saída nos livros, e todas essas absurdas suposições derivadas do romance forjado em que os míseros *Piazza* e *Mora* acabaram concordando pela insistência das dores. Mas já é feroz demais a amostra que dei acima e funestos demais à mente e ao coração assuntos tão tristes. A horrível cena descrita mostra o fanatismo atroz do juiz em enredar com sutilezas um pobre homem que não conhecia as manipulações penais e levá-lo às extremas agonias que o infeliz evitaria com mil acusações contra si mesmo, se ao menos lhe ocorresse à mente o modo de se caluniar. Com a mesma desumanidade se infligiu a tortura a muitos inocentes; em suma, foi tudo uma verdadeira cena de horror. É conhecido o cruel gênero de suplício a que foram submetidos o barbeiro *Gian Giacomo Mora* (cuja casa foi destruída para ser erigida a Coluna infame), *Guglielmo Piazza*, *Gerolamo Migliavacca*, cuteleiro conhecido como *Foresè* [camponês], *Francesco Manzone*, *Catterina Rozzana* e muitíssimos outros: conduzidos numa carroça, sofrendo as tenazes em várias partes do corpo, tiveram a mão decepada, depois, fraturados os ossos dos braços e pernas, ficaram entrelaçados vivos sobre as rodas e lá ficaram por umas seis horas, ao cabo das quais foram finalmente decapitados pelo algoz, sendo depois queimados e suas cinzas lançadas ao rio. A inscrição que ocupou o lugar da casa demolida de Mora diz:

HIC UBI HAEC AREA PATENS EST
SURGEBATOLIM TONSTRINA
JO JACOBI MORAE
QUI FACTACUM GUGLIELMO PLATEA
PUBL. SANIT. COMMISSARIO
ET CUM ALLIS CONJURATIONE
DUM PESTIS ATROX SAEVIRET
LETIFERIS UNGUENTIS HUC ET ILLUC

ASPERSIS
PLURES AD DIRAM MORTEM COMPULIT
HOS IGITUR AMBOS HOSTES PATRIAE
JUDICATOS
EXCELSO INPLAUSTRO
CANDENTI PRIUS VELLICATOS FORCIPE
ET DEXTERA MULCTATOS MANU
ROTA INFRINGI
ROTAQUE INTEXTOS POST HORAS SEX
JUGULARI
COMBURI DEINDE
AC NE QUID TAM SCELESTORUM HOMINUM
RELIQUI SIT
PUBLICATIS BONIS
CINERES IN FLUMEN PROIICI
SENATUS JUSSIT
CUJUS REI MEMORIA AETERNA UT SIT
HANC DOMUM SCELERIS OFFICINAM
SOLO AEQUARI
AC NUNQUAM IMPOSTERUM
REFICI
ET ERIGI COLUMNAM QUAE
VOCETUR INFAMIS
PROCUL HINC PROCUL ERGO
BONI CIVES
NE VOS INFELIX INFAME SOLUM
COMMACULET
MDCXXX KAL AUGUSTI*

....

* "Aqui onde se encontra esta área/ erguia-se outrora a barbearia/ de Giovanni Giacomo Mora/ o qual, tendo feito com Guglielmo Piazza/

O cônego Giuseppe Ripamonti, contemporâneo da época, nos conta como sofreram a pena. *Confessique isti flagitium et tormentis omnibus excruciati perseveravere confitentes donec in patibulum agerentur. Ibi demum juxta laqueum inter carnificis manus de sua innocentia ad populum ita dixere. Mori se libenter ob scelera alia quae admisissent: caeterum ungendi artem se factitavisse nunquam: nulla sibi reneficia aut incantamenta nota fuisse. E a sive insania mortalium sive perversitas, et livor, astusque Daemonis erat. Sic indicia rerum et judicum animi magis magisque confundebantur p. 74.** Depois de terem confessado nos suplícios todos os crimes de que eram acusados, no momen-

....

comissário público da Saúde/ e outros uma conjuração/ enquanto recrudescia uma peste atroz/ espalhou por vários lugares ungüentos mortais/ e levou muitos à dura morte;/ o senado ordenou que ambos, julgados inimigos da pátria,/ postos numa carreta/ torturados primeiro com tenazes ardentes/ e amputados da mão direita/ fossem submetidos à tortura da roda/ e depois de ficarem entrelaçados à roda por seis horas/ fossem decapitados/ e então queimados/ e para que não restasse vestígio algum de homens tão celerados/ fossem confiscados seus bens,/ e que suas cinzas fossem lançadas ao rio./ Para que deste fato se conservasse uma imorredoura lembrança,/ ordenou que esta casa, oficina do crime,/ fosse demolida/ e jamais reconstruída no futuro/ e que se erigisse uma coluna/ que há de se chamar infame./ Afastai-vos daqui, afastai-vos, portanto,/ ó bons cidadãos,/ para que o solo funesto e infame/ não vos contamine,/ 1º de agosto de 1630."

* "Confessado o crime e submetidos a todos os gêneros de tortura, eles perseveraram em suas admissões até que foram conduzidos ao patíbulo. Lá, enfim, à visão do nó da forca e entre as mãos do verdugo,

to de sofrer a morte declaravam morrer resignados a expiar seus pecados perante Deus, mas que nunca tiveram conhecimento da arte de ungir e de fabricar venenos ou sortilégios. Assim diz Ripamonti, que no entanto também partilha a opinião corrente de que eram culpados.

As crueldades utilizadas por mais de um juiz naquela desventurada época chegaram ao ponto de levar mais de um supliciado à morte durante as torturas: *Ripamonti* menciona o fato e, em vez de incriminar a ferocidade dos juízes, vai, como de costume, em busca da causa menos razoável, qual seja, que seria o demônio a estrangulá-los – *Constitit flagitii reos in tormentis a Daemone fuisse strangulatos**, p. 115.

O cardeal Federico Borromeo, nosso ilustre arcebispo naqueles tempos, duvidava da verdade do crime, e num escrito incluído em Ripamonti, p. 178 diz o seguinte: *Non potuisse privatis sumptibus haec portenta patrari. Regum Principumque nullus opes authoritatemque commodavit. Ne caput quidem*

....

proclamaram sua inocência dirigindo-se ao povo. Morriam de boa vontade pelos outros crimes que haviam cometido: mas sustentaram que nunca fizeram unções e que ignoravam totalmente venenos e sortilégios. Tudo havia nascido da loucura e da perversidade dos homens, e do ódio e da astúcia do demônio. Assim, os indícios dos fatos e o próprio espírito dos juízes se tornaram cada vez mais confusos."

* "Constou que os imputados durante as torturas tinham sido estrangulados pelo demônio."

*authorve quispiam unctorum istorum furiarumque reperitur; et haud parva conjectura vanitatis est quod sua sponte evanuit scelus duraturum haud dubie usque in extrema, si vi aliqua consilioque certo niteretur. Media inter haec sententia mediumque inter ambages dubiae historiae iter**. Com o dinheiro de um simples particular não seria possível montar uma conspiração tão grandiosa. Nenhum rei ou príncipe forneceu os meios ou deu proteção. Tampouco se revelou quem seria o autor ou chefe de tais unções e desígnios furiosos, e não é uma pequena hipótese que tudo isso fosse um sonho, vendo-se tal conspiração se esvanecer por si só, ao passo que ela deveria perdurar até o extermínio total, se houvesse uma força, um desígnio, um projeto a dirigir tal infortúnio. Entre tais dúvidas e incertezas deve prosseguir a história. E não foi apenas este esclarecido cardeal a duvidar, e cabe dizer que a dúvida era partilhada por muitos, pois tanto *Ripamonti* quanto *Somaglia* e outros escritores da época se

....

* "Não se poderia maquinar uma tal conspiração com os meios de um simples particular. Nenhum rei, nenhum príncipe forneceu o dinheiro ou emprestou a autoridade de sua proteção. Não se descobriu nem o chefe, nem o instigador de tais untores e de tais furiosos desígnios; e um indício não pequeno de sua fragilidade é o fato de que a criminosa conspiração se esvaneceu por si só, ao passo que, se fosse sustentada por alguma força ou intenção segura, teria sem dúvida perdurado até a catástrofe. O julgamento sobre tal acontecimento deve se dar entre essas contradições, em meio a dúvidas contínuas."

empenham em provar a culpa dos condenados, coisa que certamente não fariam se não fosse necessário combater uma opinião contrária.

Recapitulando todo o desventurado conjunto das coisas até aqui mencionadas, todo homem razoável reconhecerá que foi imensa a calamidade que, naquela infelicíssima época, arruinou nossos antepassados, e que este conjunto cruel de misérias nasceu exclusivamente da ignorância e da confiança em seus erros que marcaram o caráter de nossos avós. Supremo descuido em deixar indolentemente que a peste entrasse na pátria; suprema estultícia em recusar acreditar nos fatos, em recusar o exame de um acontecimento tão interessante; suprema superstição em exigir um milagre dos céus para evitar a propagação do mal contagioso, aglomerando densamente o povo. Suprema crueldade e ignorância em destruir os inocentes cidadãos, lacerá-los, torturá-los com dores infernais para expiar um crime imaginado. Em suma, a verdade proscrita não pôde manifestar-se em lugar algum; os ladridos da superstição e a insolente ignorância a obrigaram a permanecer oculta. Durante todo o século passado, sentiu este infeliz estado o enorme abalo daquela epidemia de peste. Faltaram agricultores aos campos, as artes e os ofícios definharam, e talvez ainda hoje tenhamos terras incultas que, antes daquele extermínio, rendiam frutos da lavoura. Aviltou-se o restante do povo na desolação em que permanece; pouco restou das antigas riquezas, e não é possível citar uma única casa construída nos cinqüenta anos posteriores à peste que não seja miserável. Os nobres embruteceram-se, cada qual, vivendo numa sociedade muito restrita de parentes, se fechou como que isolado em sua pátria, e os costumes sociais, que eram tão alegres e brilhantes antes de tal desgraça, só foram retomados no princípio deste século. Tantos males pôde provocar a ignorância supersticiosa!

8. Se a tortura é um tormento atroz

Não se pode duvidar de que, na época das supostas unções pestilenciais, a tortura tenha de fato sido extremamente atroz. Mas se poderia ainda dizer que os tempos mudaram e que ela foi um excesso resultante do grau extremado dos males públicos, e que não há de constituir a regra. Todavia, creio que, hoje, a prática penal continua sendo orientada pelos mesmos livros que eram consultados em 1630 e, baseado neles, parece-me fácil reconhecer que a tortura é realmente um suplício infernal.

Por tortura não entendo uma pena atribuída a um réu condenado por sentença, mas a pretensa busca da verdade por meio dos tormentos. *Quaestio est veritatis indagatio per tormentum seu per torturam et potest tortura apellari quaestio a quaerendo quod Judex per tormenta inquirit veritatem**. *Ab. Panormit in Cap. cum in Contemplat. X de R. I.*

* "A *quaestio* é a busca da verdade por meio do tormento, ou seja, a tortura, e a tortura por sua vez pode ser denominada *quaestio*, do latim *quaerere*, buscar, pois o juiz, pela tortura, busca a verdade."

Os defensores da tortura procuram aplacar a repulsa que sentem todos os corações sensíveis à simples imaginação do tormento. Pouco sofre o torturado, dizem eles; trata-se de uma dor passageira que nunca chega a exigir a intervenção de médico ou cirurgião; são exageradas as supostas dores. Esse é o primeiro argumento com que se tenta sufocar o calafrio natural despertado na humanidade pela idéia da tortura. No entanto, a partir dos fatos ocorridos em 1630, traça-se com letras de sangue o horror desses tormentos; as leis, as práticas sob as quais vivemos, conforme afirmei, são as mesmas, e para repetir as mesmas crueldades falta apenas que reapareçam juízes semelhantes aos de então. Atualmente, como tortura, usa-se a luxação do osso do ombro, às vezes se usa o fogo nos pés, operações por si sós cruéis; mas nenhuma lei restringe a crueldade a estas duas modalidades. Os doutores que são os mestres dessas dores, os doutores que são consultados por norma e regra dos julgamentos penais, certamente não prescrevem grande moderação. Bossi ao Tit. *De tortura* nº 2 diz: *Não chamarei de tortura a todas as dores do corpo; a tortura deve ser mais grave do que cortar as duas mãos, e sofrer a tortura é padecer as extremas agonias da dor... e basta observar os preparativos e modos de torturar para reconhecê-lo; nada é brando, pelo contrário tudo é extre-*

mamente cruel, e por isso muitas vezes se aplica a tortura com o fogo, e o que diz o homem torturado com o fogo é tido como a própria verdade. Nec quodlibet tormentum cum dolore corporis dicitur quaestio; hinc est quod gravior est tortura quam utriusque manus abscissio, et pati torturam est supremas angustias sustinere ut vidimus et audivimus et de his tormentis loquitur totus titulus de Quaestionibus, *sic etiam loquuntur Doctores,* quod maxime patet dum congerunt instrumenta et modos torquendi quia nihil horum est leve immo crudelissum, et ideo etiam igne saepe rei torquentur, igne defatigati quae dicunt ipsa veritas videtur esse.* Depois disso, jamais conseguirei saber como é possível dizer que a tortura é em si um mal pequeno. Não nego que um juiz humano possa atenuar a ferocidade desta prática, mas a lei certamente não é branda, e tampouco o são os mestres doutores. Veja-se com que crueldade Ziegler descreve esta desumaníssima prática no Tema 47, *De torturis* § 12: *Além da queimadura com velas acesas, costuma-se assar o réu a fogo lento em certas partes do corpo, ou então, nas pontas dos dedos, se fincam pedacinhos de madeira resinosa sob as unhas e depois se põe fogo nesses pedacinhos, ou então são postos a*

....

* *et de his... Doctores*: "e desta tortura trata o parágrafo inteiro *De Quaestionibus*, e isto dizem também os Doutores".

cavalo sobre um touro ou asno de bronze oco, dentro do qual se lançam carvões em brasa e, com o aquecimento do metal, são martirizados agudamente e com dores incríveis. Tais são os preceitos dados por esse médico, com suas palavras no original: *Praeter expansionem carnifices cutem inquisiti candem tibus luminibus in certis corporis partibus lento igne urunt, vel partes digitorum extremas immissis infra ungues piceis cuniculis iisque postmodum accensis per adustionem inquisitos excruciant, aut etiam tauro vel asino ex metallis formato et incallescenti paullatim per ignes injectos tandemque per auctum calorem nimium doloribus incredibilibus insidentes purgent delinquentes imponunt.* O próprio Farinacci (*Theor. et prax. criminal.*, tom. 2, quaest. 38, nº 56), falando de sua época, assegura que os juízes, pelo prazer que sentem em torturar os réus, inventavam novos tipos de tormentos; eis suas palavras: *Judices qui propter delectationem quam habent torquendi reos inveniunt novas tormentorum species.* A natureza do homem é tal que, superado o horror pelos males alheios e sufocado o benévolo germe da compaixão, se embrutece e se regozija com sua superioridade no espetáculo da infelicidade alheia, do que também se tem um exemplo no furor dos romanos pelos gladiadores. Veja-se o mesmo *Farinacci*, na passagem citada, nº 59, onde recomenda ao juiz que se modere e evite torturar o réu com suas próprias mãos, e menciona pessoas que viram um pretor que agarrava o prisioneiro pelos cabelos e orelhas e batia-o vigorosamente contra uma coluna, dizendo-lhe: patife, confessa; eis suas palavras: *Abstineat etiam Judex se ab eo quod aliqui Judices facere solent videlicet a torquendo reos cum propriis manibus... Refert Paris de Put. se vidisse quemdam Potestatem qui capiebat reum per capillos vel per aures dando caput ipsius fortiter ad columnam dicendo confitearis et dicas veritatem ribalde.* O célebre Bartolo, nos *Comment. lib. ff. Nov. XLVIII. L. VII Quaestionis*, costumava empregar a tortura e lhe aconteceu acabar com um jovem robusto, matando-o com a tortura, do que deduz que nunca se deve imputar tal acidente ao juiz. *Hoc incidit mihi quia dum viderem juvenem robustum torsi illum et statim fere mortuus est** – é com tal indiferença que aquele médico de extrema frieza relata o atroz episódio. Depois disso, cabe concordar, tanto pe-lo exemplo das unções pestíferas quanto pelas doutrinas dos mestres da tortura, que ela é cruel e extremamente cruel, e que se, hoje em dia, a fortuna faz com que os executores a moderem, nem por isso deixa de ser

* "Isso me aconteceu, pois, vendo que se tratava de um jovem robusto, eu o torturei e ele morreu quase imediatamente."

atroz e horrível em si mesma, como todos a julgam, e essas atrocidades e esses horrores legalmente autorizados podem ser novamente sofridos por qualquer homem, até que a prática seja moderada com novas leis ou mesmo abolida.

Os horrores da tortura não se limitam exclusivamente à dor que é infligida, dor que algumas vezes levou mais de um réu a morrer durante o suplício; mas os doutores acrescentam ainda outros horrores em relação às circunstâncias de ministrá-la. O citado Bossi, sob o título *De confessis per torturam* nº 11, afirma que se um réu confessa, convidado pelo juiz sob a promessa de que não lhe sucederá nenhum mal se se reconhecer culpado, a confissão é válida e a promessa do juiz não se sustenta. *Tabor* (*De tortur. et indiciis delictor*, § 30) diz que se pode perfeitamente infligir a tortura a uma mulher que está amamentando, desde que não ocorra nenhuma diminuição do alimento para a criança: *Etiam mulieri lactanti torturam aliquando fuisse indictam cum ea moderatione ne infanti in alimentis aliquid decedat quam declarationem facile admitto.* Ademais, para torturar uma testemunha, basta que ela seja de extração baixa para que o suplício seja autorizado: *Vilitas personae est justa causa torquendi testem*, Vid. Bald., Butrio, *Farinac. quaest.*, 79, nº 33, e Claro (*Sententiar.*, lib. V §, fin. quaest. 64, nº 12) afirmam que basta existirem alguns indícios contra um homem para poder submetê-lo à tortura; não se podendo prescrever uma norma certa em matéria de tortura e de indícios, tudo é remetido ao arbítrio do juiz: *Sufficit adesse aliqua indicia contra reum ad hoc ut torqueri possit... in hoc autem quae dicantur indicia ad torturam sufficientia scire debes quod in materia indiciorum et Torturae propter varietatem negotiorum et personarum non potest dari certa doctrina sed remittitur arbitrio Judicis.* Basta a mera fama para que um homem, caso o juiz queira, seja submetido à tortura (Gand. *De Malefic.* in Tit. de Quaest. nº 39. Aug. ad Angel. *De Malefic. in verbo fama publica* post nº 41 et Caravita *De ritu. Magn. Curiae* nº 8 et Brun. *De indiciis* fol. 41. nº 32). Que seja suficiente o exemplo de um único horror, extraído do célebre Claro, mestre supremo desta prática. Um juiz, estando no cárcere uma mulher suspeita de crime, pode fazer com que ela venha secretamente a seu quarto, beijá-la, acariciá-la, fingir amá-la, prometer-lhe a liberdade para induzi-la a se reconhecer culpada do crime, e que foi assim que certo Regente induziu uma jovem a se agravar de um homicídio e levou-a a perder a cabeça. Para que não se pense que exagerei este horror contra a religião, a virtude e todos os mais sagrados princípios do homem, eis o que diz Claro à p. 760, nº 80: *Paris dicit quod Judex potest mulierem ad se* *adduci facere secreto in camera ed eidem dicere quod vult illam habere in suam et fingere velle illam deosculari et ei polliceri liberationem, et quod ita factum fuit a quodam Regente qui quamdam mulierem blanditiis illis induxit ad confitendum homicidium quae postea decapitata fuit**.

Não creio ser movido por excessivo ardor quando digo que a tortura é, por si mesma, algo extremamente cruel, que é horrível a facilidade com que ela pode ser infligida pelo arbítrio de um único juiz na solidão do cárcere, e que a insidiosa moral em que um dos autores mais clássicos forma os juízes é realmente digna da ferócia dos tenebrosos tempos de outrora. Trata-se, portanto, de uma questão da maior seriedade, digna de toda a atenção, e tudo o que se possa dizer para diminuir seu horror ou sua importância não consegue se sustentar.

....

* "Paride del Pozzo diz que um juiz pode mandar levar uma mulher em segredo a seu quarto, dizer-lhe que quer possuí-la, dar mostras de querer beijá-la e prometer-lhe a liberdade; e acrescenta que isso foi feito por um certo regente, que, com tais lisonjas, induziu uma mulher a confessar um homicídio, e depois a mulher foi decapitada."

9. Se a tortura é um meio para conhecer a verdade

Se a busca da verdade em meio aos suplícios é, em si mesma, feroz, se naturalmente ensombrece a simples imaginação de um homem sensível, se todo coração não pervertido tenderia espontaneamente a proscrevê-la e abominá-la, um cidadão esclarecido, porém, reprime e sufoca esse calafrio isolado e, contrapondo aos males padecidos por um réu suspeito o bem resultante da descoberta da verdade dos crimes, considera o mal de um indivíduo largamente compensado pela tranqüilidade de mil outros. Tal deve ser o sentimento de todo aquele que, ao distribuir o senso de humanidade, não proceda à injusta partilha de consagrá-la inteiramente à piedade para com os cidadãos suspeitos, sem reservar nada para a maioria dos cidadãos inocentes. Esta é a segunda razão em favor da tortura, invocada por quem atualmente defende o costume como benéfico, oportuno e até mesmo necessário para a salvação do Estado.

Mas os defensores da tortura com este raciocínio pecam por uma falsa suposição. Supõem que os tormentos constituem um meio de saber a verdade, e é justamente esta a questão. Teriam de demonstrar que é um meio de saber a verdade, e somente então o raciocínio seria fundado; mas como iriam prová-lo? Creio, pelo contrário, que é fácil provar as seguintes proposições: primeira, que os tormentos não constituem um meio de descobrir a verdade. Segunda, que a lei e a própria prática penal não consideram os tormentos como meio de descobrir a verdade. Terceira, que, mesmo que tal método levasse à descoberta da verdade, ele seria intrinsecamente injusto.

Para mostrar que os tormentos não constituem um meio para descobrir a verdade, começarei pelos fatos. Todo criminalista, por pouco que tenha empregado este infeliz método, haverá de me assegurar que não raro réus robustos e determinados sofrem os tormentos sem nunca abrir a boca, decididos antes a morrer de dor do que a reconhecer a culpa. Nesses casos, que não são raros nem inventados, o tormento é inútil para a descoberta da verdade. Muitas outras vezes, o torturado se confessa culpado do crime: mas todos os horrores que acima apresentei e desenterrei das trevas do cárcere, onde jazeram por mais de um século, não bastarão para provar que esses muitos infelizes se declararam culpados de um crime impossível e absurdo, e que conseqüentemente a tortura lhes arrancou uma sucessão de mentiras, e jamais a verdade? Os autores trazem inúmeros exemplos de outros infelizes que, devido à dor, se acusaram de um crime de que eram inocentes. Veja-se o mesmo Claro (lib. V, § fin. quaest. 64, nº 46), que afirma que, em sua época, muitos torturados se confessaram culpados do homicídio de um nobre, e foram condenados à morte, embora alguns anos depois o suposto assassinado tenha aparecido, declarando que nunca fora atacado pelos condenados (vid. Gotofred. Bav. De Reat.). Veja-se Muratori, em seus *Annali d'Italia* (tom. X, p. 273), onde, falando sobre a morte do Delfim, diz: *Foi imputada ao conde Sebastiano Montecuccoli, seu copeiro, honrado cavalheiro de Módena, a quem, de compleição delicadíssima ... à força de incríveis tormentos, foi extorquida a falsa confissão da morte causada àquele príncipe por instigação de Antonio de Leva e do próprio imperador, pelo que o inocente cavalheiro foi condenado a uma horrível morte.* Os fatos, portanto, nos convencem de que os tormentos não constituem um meio para desvendar a verdade, porque às vezes não resultam em nada, e outras vezes resultam em mentiras.

Ademais, a razão corresponde rigorosamente ao fato. Qual é o sentimento que nasce no homem, ao sofrer uma dor? Este sofrimento é *o desejo de que a dor pare*. Quanto mais violento for o suplício, tanto mais violentos serão o desejo e a impaciência de que chegue ao fim. Qual é o meio com que um homem torturado pode acelerar o término da dor? Declarar-se culpado do crime pelo qual é investigado. Mas é verdade que o torturado cometeu o crime? Se a verdade é sabida, é inútil torturá-lo; se a verdade é duvidosa, talvez o torturado seja inocente, e o torturado inocente, tal como o culpado, é igualmente levado a se acusar do crime. Portanto, os tormentos não constituem um meio para descobrir a verdade, e sim um meio que leva o homem a se acusar de um crime, tenha-o ou não cometido. Nada falta a este raciocínio para ser uma perfeita demonstração.

No semblante de um homem entregue a seu estado natural das sensações, pode-se reconhecer facilmente a serenidade da inocência ou a inquietação do remorso; a calma segurança, a voz, a facilidade de desfazer as objeções no interrogatório por vezes permitem identificar o homem inocente, e do mesmo modo a sombria perturbação, o tom alterado da voz, a extravagância, o emaranhado das respostas permitem suspeitar da culpa. Mas coloquem-se juntos um culpado e um inocente entre as dores, entre as extremas convulsões da tortura, e estas delicadas diferenças se eclipsarão, a agitação, o desespero, o horror se pintarão igualmente nos dois semblantes, gemerão igualmente e, em vez de se distinguir a verdade, todas as aparências se confundirão cruelmente.

Um assassino de estrada, acostumado a uma vida dura e selvagem, de constituição robusta e calejado para os horrores, é submetido à tortura e, com ânimo decidido, fica revolvendo no espírito o extremo suplício de morte que padecerá se ceder à dor do momento, reflete que o sofrimento daquela dor lhe auferirá a vida e que, se ceder à impaciência, irá para o patíbulo; dotado de músculos vigorosos, cala-se e torna baldada a tortura. Um pobre cidadão, acostumado a uma vida mais branda, que não está habituado aos horrores, é, por uma suspeita, submetido à tortura; todas as fibras sensíveis se abalam, um violentíssimo tremor o invade à simples visão dos apetrechos; evite-se o mal iminente, que pesa de maneira insuportável, e se afaste o mal a uma maior distância – é o que lhe sugere a angústia extrema em que se encontra –, e então se acusa de um crime que não cometeu. Tais são e devem ser os efeitos da dor sobre os dois homens diferentes. Com isso, parece conclusivamente demonstrado que a tortura não constitui um meio para descobrir a verdade, mas é um convite para que tanto o culpado quanto o inocente se declarem culpados, o que constitui um meio para confundir a verdade, jamais para descobri-la.

10. Se as leis e a prática penal consideram a tortura como um meio para obter a verdade

Estabeleci que iria provar em segundo lugar que as leis e a própria prática dos criminalistas não consideram a tortura como um meio para distinguir a verdade. É fácil vê-lo observando que não se encontra nenhum método ou regulamento no Código Teodosiano, e tampouco no Código de Justiniano, que prescreva a aplicação de torturas a réus suspeitos. Nesses imensos conjuntos de leis e prescrições, onde se esmiúçam as menores diferenças entre os processos tanto civis quanto penais, não se prescreve nada em relação à tortura. Portanto, se a lei tivesse considerado esses tormentos como meio para descobrir a verdade, os dois códigos não se teriam omitido sobre o modo, os casos, as ressalvas com que se deveria proceder. Assim, a partir do próprio silêncio do corpo das leis, concluo que a lei não considera a tortura como um meio para desvendar a verdade. Ademais, se o argumento negativo por si só não parecer suficiente para demonstrar esta verdade, veja-se a lei 2, § 23, ff., *De quaestionibus*, onde, estando o espírito das leis romanas muito distante de considerar a tortura como meio de chegar à verdade, lê-se, muito pelo contrário: *A tortura é um meio muito incerto e perigoso para buscar a verdade, pois muitos com a robustez e a paciência superam o tormento e não falam de maneira nenhuma; outros, não suportando, preferem mentir mil vezes a resistir à dor. Quaestio res et fragilis et periculosa et quae veritatem fallat. Nam plerique patientia, sive duritia tormentorum illa tormenta contemnunt ut exprimi eis veritas nullo modo possit: alii tanta sunt impatientia ut quodvis mentiri quam pati tormenta velint.* Assim se expressa positivamente o Digesto, e tal era a opinião dos romanos, nossos legisladores e mestres, que conheciam a aplicação da tortura aos escravos, como veremos adiante. Portanto, a lei não considera a tortura como um meio para a descoberta da verdade.

Mas afirmei ainda que não só a lei não considera a tortura um meio para obter a verdade, como tampouco a prática penal vê a tortura como um meio de obter a verdade. Isto parece um paradoxo, e, no entanto, creio poder demonstrá-lo de modo evidente.

Primeiramente, se os doutores considerassem a tortura como um meio para descobrir a verdade nos crimes, não excluiriam suas próprias pessoas das torturas, pois é tal o interesse da sociedade humana no desvendamento dos crimes que ninguém pode se subtrair aos meios de descobri-los, assim como nenhum dos doutores é eximido da pena de morte, do exílio etc., sempre que, pelos seus crimes, o tenham merecido. Posso perdoar que cada qual procure enaltecer seu próprio ofício, e não me admira que Wesenbeck (in *Paratit.*, nº 10) diga que os doutores são por dignidade iguais aos nobres e decuriões, e por mérito iguais aos militares: *Doctores nobilibus et Decurionibus dignitate, militibus autem meritis aequiparantur*; mas seria imperdoável aquele que ousasse conceder à sua própria faculdade a impunidade nos crimes. Portanto, se os nobres e os doutores são privilegiados quanto à tortura, é sinal de que ela não é considerada pelos criminalistas como um meio para obter a verdade.

Em segundo lugar, se os doutores considerassem a tortura como um meio para obter a verdade, prescreveriam que se mantivesse e se considerasse como certo o que diz um torturado entre os suplícios. A prática, porém, ordena que as declarações não sejam tidas como fidedignas se o homem, algum tempo depois e em local distante de qualquer aparelho de tortura, não ratificar o depoimento que fez contra si mesmo, para que não restem dúvidas de que a violência da dor teria induzido o torturado a se acusar indevidamente. Portanto, a própria prática penal não considera o suplício da tortura como um meio para obter a verdade. Viu-se a aplicação desta prática inclusive nos infelicíssimos Piazza e Mora, e assim é uma contradição realmente bárbara que se inflija uma nova tortura ao homem que retira a acusação que se fez durante os tormentos; alguns doutores consideram justa essa alternância por tempo indefinido, pelo número de vezes que o torturado se retratar da acusação feita a si mesmo (Bartolus in 1. unius § reus in ult. verb. ff. *De quaestionib. et ita tenent communiter D.D. ut dicit Blancus de indic. nº 219. Hanc etiam esse communem opinionem testatur Bossius Titul.* De tortura *nº 34 ubi etiam subdit quod ita est in praxi absque ulla haesitatione**), de modo que, no final, ou ele morre de tantas dores ou continua, mesmo sem torturas, a acusar a si mesmo; outros doutores limitam essa alternância a três sessões de torturas, como Claro (*Sentent.*, lib. V., fin. quaest. XXI, nº 36). Assim, se a própria prática penal ensina a não acreditar em tudo o que diz um torturado contra si mesmo entre os tormentos da

....

* "E nisso concordam os mestres do Direito, como afirma Bianchi em *De indiciis*... Que tal é a opinião corrente, é reforçado por Bossi, em *De tortura*... onde acrescenta ainda que tal é, sem possibilidade de dúvida, o uso vigente na prática."

tortura, mas exige que ratifique a acusação com tranqüilidade e livre da dor, é forçoso concluir com toda a evidência que a própria prática penal não considera a tortura como um meio de conhecer a verdade.

11. Se a tortura é um meio lícito para descobrir a verdade

Resta-me finalmente provar que, mesmo que a tortura fosse um meio para descobrir a verdade dos crimes, seria um meio intrinsecamente injusto. Creio ser muito fácil demonstrá-lo. Começarei dizendo que as palavras *suspeitas*, *indícios*, *semiprovas*, *provas semiplenas*, *quase provas* etc., e tais bárbaras distinções e sutilezas jamais poderão mudar a natureza das coisas. O que podem é espalhar trevas e ofuscar os espíritos incautos; mas deve-se sempre reduzir a questão a este ponto: ou o crime é *certo* ou é apenas *provável*. Se o crime é *certo*, os tormentos são inúteis, e a tortura é aplicada desnecessariamente, mesmo que constituísse um meio para desvendar a verdade, já que, entre nós, o réu sabidamente culpado é condenado, ainda que não confesse o crime. Neste caso, portanto, a tortura seria uma injustiça, porque não é justo fazer um homem padecer desnecessariamente, e padecimentos da maior gravidade. Se o crime, por outro lado, é apenas *provável*, qualquer que seja o termo com que os doutores diferenciam o grau de probabilidade, muito difícil de se medir, é evidente que será *possível* que o provável culpado seja de fato inocente; então, é uma suprema injustiça que se exponha alguém que talvez seja inocente a maus-tratos certos e a crudelíssimos tormentos, e submeter um homem inocente a tais suplícios e misérias é tanto mais injusto na medida em que se age com a própria força pública confiada aos juízes para a defesa do inocente contra os ultrajes. Os partidários da tortura tentaram eludir a força deste antiqüíssimo raciocínio com diversas distinções cavilosas, que se reduzem todas elas a um sofisma, pois entre o ser e o não-ser não há nenhum ponto intermediário, e é exatamente onde o crime deixa de ser certo que se inicia a possibilidade da inocência. Portanto, o uso da tortura é intrinsecamente injusto e ela não poderia ser empregada mesmo que constituísse um meio para chegar à verdade.

Quanto foi dito sobre as leis da Inquisição, que permitiam que o pai pudesse servir de acusador contra o filho, o marido contra a mulher! A humanidade tremia ante tais questões, a natureza reivindicava seus direitos sagrados, pessoas tão próximas pelos mais augustos vínculos a se destruírem mutuamente! A lei abomina tais acusadores e não os aceita. Que agora me seja lícito perguntar se um homem tem vínculos menos estreitos consigo mesmo do que os que mantém com o pai e a mulher. Se é injusto que um irmão acuse criminalmente o outro, com tanto mais razão será injusto e contrário à voz da natureza que um homem se torne acusador de si mesmo e que as duas pessoas, a do acusador e a do acusado, se confundam numa só. A natureza inscreveu no coração de cada um a lei primária da autodefesa, e a ofensa contra si mesmo e a acusação criminal da própria pessoa constituem ou um ato de heroísmo, quando realizado espontaneamente em alguns casos, ou uma tirania da maior injustiça se, à força de maus-tratos, se quiser obrigar um homem a tanto.

A evidência destas razões ficará ainda mais patente se se refletir que uma lei que ordenasse aos advogados penais a traição de seus clientes seria da maior iniqüidade e opróbrio. Ao que eu saiba, jamais tirano algum decretou uma lei semelhante, a qual romperia de modo realmente infame todos os mais sagrados vínculos naturais. Posto isso, perguntaremos se o advogado tem uma ligação mais íntima com o cliente do que a que mantém o cliente consigo mesmo! Ora, a tortura, com as dores, tende a reduzir o homem à traição de si próprio, a renunciar à sua autodefesa, a ofender e perder a si mesmo. Isso por si só basta para mostrar, sem outras reflexões, que a tortura é intrinsecamente um meio injusto para buscar a verdade, e não seria lícito utilizá-la, mesmo que com ela se encontrasse a verdade.

Mas como uma prática tão atroz e cruel, tão inútil, tão injusta, conseguiu prevalecer mesmo entre povos cultos e se manter até o dia de hoje? Mencionarei rapidamente quais eram os costumes de outrora, como ela foi introduzida, quais os princípios em que se fundou, quais as leis que a regeram; depois, direi algumas palavras sobre as opiniões de vários autores e os costumes atuais de algumas nações da Europa, com o que julgarei ter concluído estas observações com um exame geral dos diversos pontos de vista com que é possível tornar a encarar de maneira razoável um assunto tão triste e tão interessante.

12. Uso da tortura nas nações antigas

A invenção da tortura, a crermos em *Ramée, Constit. criminal.*, art. 58, e Juan Luis Vives, nos comentários a S. Agost. *De civit. Dei, lib. XIX, cap. VI, deve ser atribuída ao último rei de Roma, Tarqüínio,* o Soberbo, a *Massêncio* e a *Falarides*; cabe louvar o criminalista *Ramée*, pois ao menos escolheu judiciosamente três conhecidíssimos tiranos, fazendo recair sobre três tiranos o opróbrio de uma invenção tão desumana (vid. Ziegler, them. *47. De tortur*, § 1). Sabemos, porém, que na época dos tiranos *Falarides, Nearco* e *Jerônimo*, os mais respeitáveis filósofos da época, *Zenão de Eléia* e *Teodoro*, foram submetidos à tortura, e o filósofo *Anaxarcos* foi cruelmente torturado por ordem do tirano *Nicocreonte* (vid. *Valer Massimo*, lib. 3, cap. 3 e *Diog. Laert. Cicer. Tusculan. Tertul. Apologetic.* e outros).

A origem de uma invenção tão feroz ultrapassa os limites da erudição, e é provável que a tortura seja tão antiga quão antigo é o sentimento do homem de dominar despoticamente outro homem, quão antigo é o caso de que nem sempre o poder vem acompanhado pelas luzes e pela virtude, e quão antigo é o instinto, no homem armado de força prepotente, de estender suas ações segundo a medida antes do poderio do que da razão. Abstenho-me de considerar a legislação dos livros sagrados como a lei ditada pelo próprio autor da natureza a uma nação de coração duro, e tomando exclusivamente esse monumento como o testemunho mais antigo dos costumes dos séculos remotos de que temos notícia, observo que no texto sagrado não há nenhuma menção à tortura, e, pelo contrário, ao se prescreverem as práticas a serem empregadas com os réus, toma-se o caminho da prova a partir das testemunhas, e não se exige a confissão do réu. Veja-se o Deuteronômio no cap. 19, nº 10: *non effundatur sanguis innoxius in medio terrae quam Dominus Deus tuus dabit tibi possidendam ne sis sanguinis reus*. Não se espalhe o sangue inocente sobre a terra que Deus te dará para morar, para que não sejas culpado de sangue; e no nº 16 se ordena como se hão de provar os crimes, a saber, com as testemunhas, e se prescreve que uma única testemunha não tem validade, qualquer que seja o crime em questão, mas que duas ou três testemunhas constituem a prova completa: *Non stabit testis unus contra aliquem quidquid peccati et facinoris fuerit; sed in ore duorum aut trium testium stabit omne verbum**. E um caluniador deverá comparecer com o acusado perante Deus, os sacerdotes e os juízes, os quais, juntos, examinarão com a máxima diligência e, comprovada a calúnia, o punirão com a mesma pena que caberia ao crime falsamente imputado. *Si steterit testis mendax contra hominem accusans eum praevaricationis stabunt ambo quorum causa est ante Dominum in conspectu Sacerdotum et Judicum qui fuerint in diebus illis cumque diligentissime perscrutantes invenerint falsum testem dixisse contra fratrem suum mendacium reddent ei sicut frati suo facere cogitavit et auferes malum de medio tui ut audientes ceteri timorem habeant* (eis o verdadeiro e único fim das penas, e todos os secretos tormentos do cárcere não são capazes de alcançá-lo) *et nequaquam talia audeant facere. Non misereberis eius sed animam pro anima, oculum pro oculo, dentem pro dente, manum pro manu, pedem pro pede exiges***. Tal foi a legislação penal do povo he-

....

* "Por qualquer transgressão, por qualquer pecado, por qualquer culpa que alguém tenha cometido, não se considere válida uma única testemunha, mas que pela boca de duas testemunhas ou pela boca de três testemunhas uma coisa seja considerada válida."

** "Se se levantar um testemunho mentiroso que acuse um homem de prevaricação, que os dois homens interessados no litígio se apresentem perante o Senhor, perante os sacerdotes e os juízes que ali breu, em que o crime era provado por testemunhas e a contradição entre o acusador e o réu era resolvida com um exame extremamente diligente dos juízes, e nunca com as dores da tortura. O que poderão dizer os defensores da tortura, que a julgam necessária ao bom governo do povo? O supremo legislador teria omitido o tema do bom governo a seu povo eleito? Os homens sob a lei da graça deverão ser tratados com mais dureza do que sob a lei escrita? Os povos destes séculos serão talvez mais empedernidos e necessitados de jugo do que eram os hebreus? Nós, cristãos, encontramos no Evangelho alguma semente a partir da qual devamos ser cruéis com nossos irmãos? O único julgamento pronunciado por Cristo durante sua vida foi para absolver a mulher que queriam apedrejar; e os cristãos que imitam ou deveriam imitar a vida paciente, bondosa, humana e compassiva do Redentor escrevem tratados para torturar seus irmãos com as mais atrozes e refinadas invenções! A contradição é demasiado flagrante. Voltemos à Antiguidade.

....

estiverem naquele dia, e que os juízes investiguem bem, e se a testemunha se revelar falsa, se tiver testemunhado em falso contra o irmão que lhe atribuam a pena que ele gostaria que tivesse sido infligida a seu irmão, e assim extirparás o mal de ti, para que os outros escutem e temam (...) e não ousem jamais fazer tais ações. Não terás compaixão dele, mas exigirás vida por vida, olho por olho, dente por dente, mão por mão, pé por pé."

Entre os gregos, assim como entre os romanos, desconhecia-se o uso da tortura contra os homens. Não falo dos escravos, que, no sistema deles, não eram considerados *pessoas*, mas apenas *coisas*, de modo que eram vendidos, mortos, mutilados com o mesmo poder e liberdade com que se age no caso de um jumento, sem que as leis limitassem o poder sobre eles. A tortura era empregada contra os servos, ou seja, os escravos, mas não contra os cidadãos e os homens. Não ousarei aqui decidir se era certo ou errado degradar uma parcela da humanidade no nível dos jumentos. Essas duas nações foram nossas mestras, sua grandeza ainda nos desperta admiração, não atingimos o grau de suas culturas, e a partir de um único aspecto inconveniente seria um erro julgar a totalidade do conjunto e a necessária conexão que, por vezes, uma desordem parcial guarda com a perfeição geral do sistema. Sei que, num estado, quando se quer manter uma classe de homens subjugada ao poder arbitrário da nação, qualquer coisa que rebaixe e degrade essa classe será conforme ao fim político. Encontro-me no mesmo ponto em que se viu o imortal Presidente de Montesquieu, e não saberei me exprimir melhor do que empregando suas palavras: *Tant d'habiles gens et tant de beaux génies ont écrit contre l'usage de la torture* *que je n'ose parler après eux. J'allois dire qu'elle pourroit convenir dans les Gouvernements Despotiques, où tout ce qui inspire la crainte entre dans les ressorts du Gouvernement; j'allois dire que les esclaves chez les Grecs et chez les Romains ... mais j'entens la voix de la nature qui crie contre moit**, diz ele (*Espr. des lois*, liv. VI, cap. XVII). Vê-se que os gregos não utilizavam torturas contra os cidadãos em *Lisias Orat. in Argorat.* e *Curius Fortunatus Rhetor Schol.* lib 2, e quanto aos cidadãos romanos, pelas mesmas leis 3 e 4 *ad L. Jul. Majestatis*, depois que a liberdade de Roma foi subjugada e instaurada a tirania, vêem-se isentadas da tortura as pessoas de nascimento, dignidade ou serviços militares. Durante a República, porém, apenas os servos eram submetidos a esse suplício, e nunca os homens filhos da pátria, dotados de existência pessoal, e assim a lei XXVII em *1. Julia de Adult.*, § 5, diz que *liber homo tortus non ut liber sed ut servus existimatur***. Veja-se Salústio em *Catilin.*, que

....

* "Tantas pessoas hábeis e tantos belos gênios escreveram contra o uso da tortura que não ouso falar depois deles. Eu ia dizer que ela poderia convir nos governos despóticos, em que tudo o que inspira o temor faz parte da alçada do governo; eu ia dizer que os escravos entre os gregos e os romanos ... mas ouço a voz da natureza que grita contra mim."

** "O homem livre torturado não é considerado livre, mas sim escravo."

também afirma que as leis romanas proibiam que se infligissem torturas aos homens livres. Por isso Cícero, em seu discurso *Pro Silla*, exclama contra a insólita tirania que se avulta ameaçadora: *Quaestiones nobis servorum et tormenta minitatur**.

* Ameaçam-nos interrogatórios e torturas de escravos.

13. Como se introduziu o uso da tortura nos processos penais

A corrupção do sistema romano gerou o uso da tortura, estando as principais dignidades do cônsul, do tribuno da plebe e do sumo pontífice concentradas na pessoa exclusiva dos imperadores; aniquilou-se a república e se formou o governo despótico, reunindo-se no mesmo homem o comando supremo do exército, a presidência do senado, o direito de representar a plebe e de presidir às coisas sagradas, aos augúrios e a tudo o que movia as opiniões do povo. Se em Veneza o mesmo homem fosse comandante das Forças Armadas, doge, advogado da comunidade, inquisidor do Estado e patriarca, a República seria imediatamente abolida sem qualquer mudança do sistema: foi o que aconteceu em Roma. Primeiramente César e depois Augusto respeitaram a memória da liberdade, ainda recente no espírito dos romanos; depois, gradualmente, ela se foi debilitando, e o natural desejo dos déspotas de ter um poder ilimitado sobre tudo se expandiu com menor comedimento, e então se tratou de granjear a simpatia da plebe com as doações, os espetáculos, a abundância de víveres; e com o aviltamento das importantes famílias consulares, assim agradando a plebe com a humilhação dos nobres, cujo orgulho lhe pesava, procederam à política de formar o partido mais numeroso em seu favor e, reunindo-se o príncipe e a plebe numa causa comum contra os nobres, se apropriaram impunemente dos bens dos opulentos, que atendessem ao luxo caprichoso do Príncipe e à ociosa indolência da plebe romana, e se destruiu aquele grupo de famílias que seriam as únicas capazes de refrear a tirania com seus créditos e riquezas, e restou um governo em que um indivíduo concentrava tudo, e os demais, colocados em um nível baixíssimo, não puderam opor nenhum obstáculo às vontades ilimitadas do déspota. Tal é o princípio que fundou o Império Romano. Portanto, era consoante com tal princípio que os nobres e os cidadãos fossem degradados e equiparados aos servos, e que assim, à medida que se consolidava a tirania, a tortura, utilizada apenas contra os servos nos tempos felizes de Roma, fosse estendida também aos livres. Por isso *Emilio Fervetti* afirma que *non invenies ante Dicletianum et Maximianum Imperatores quaestionem unquam* *habitam fuisse de homine ingenuo**. Há quem assegure que na época de Carlos Magno se estabeleceu novamente que os homens livres fossem eximidos dela. O que é certo é que não há nenhum escritor, ao que sei, que tenha tratado metodicamente da tortura dos réus antes do século XIV, o que permite ver que a tortura não era considerada essencial aos julgamentos penais. Depois vieram os escritores criminalistas que, se tivessem escrito numa língua menos bárbara, teriam despertado a repulsa em quem quer que pretenda ter no coração uma parcela de humanidade. Foi então que, saídos da ignorância, os homens passaram a se instruir com grande trabalho nos emaranhados de opiniões e palavras, e sobre os fragmentos das opiniões gregas, árabes e hebraicas se ergueram as universidades onde, com as opiniões platônicas, peripatéticas e cabalísticas, somadas aos ditados de Avicena e Averróis, as pessoas aprenderam com a maior seriedade a delirar metodicamente sobre a metafísica, a física, a medicina, a jurisprudência e todas as outras áreas. A seguir, vieram *Claro*, *Grillando*, *Tabor*, *Giovannini*, *Zanger*, *Oldekop*, *Carpzov*, *Gandino*, *Farinacci*, *Gomez*, *Menochio*, *Bruno*, *Brunner*, *Carerio*, *Bolsier*, *Cumano*, *Cipolla*, *Bossi*, *Bo-*

* "Não encontrarás antes do império de Diocleciano e Maximiano nenhuma tortura aplicada a um homem livre."

cer, Casoni, Cirillo, Bonacossa, Brusato, Follerio, Jodocus, Damhouder e a legião de obscuros escritores famosos entre os criminalistas, que, se tivessem exposto suas cruéis doutrinas e a descrição metódica de suas refinadas dores em vernáculo e num estilo cuja rudeza e barbárie não afastasse da leitura as pessoas cultas e sensatas, não seriam vistos a não ser com o mesmo olhar com o qual se fita o carrasco, ou seja, com horror e ignomínia.

A introdução metódica da tortura, que ocorreu após o século XI, talvez se origine do mesmo princípio que levou a instituir os julgamentos de Deus: ou seja, quando se quis incluir com uma irrefletida temeridade o juízo do eterno motor do universo nas mais frívolas questões humanas, quando, colocando um ferro em brasa na mão ou mergulhando o braço na água fervente e às vezes atravessando a pira de madeira ardente, se decidia a inocência ou a culpa do acusado. Naqueles tempos de barbárie, acreditava-se que o Ser eterno não haveria de tolerar que a inocência sofresse opressão, e inclusive a subtrairia à dor e a qualquer dano, como se Deus, por nossas miúdas questões, fosse alterar as leis físicas por ele mesmo criadas a qualquer pedido nosso. Depois, com o tempo, diminuindo a grosseira ignorância, os povos perceberam o caráter irracional dessas formas de julgamento, e as modalidades do ferro, da água fervente e do fogo, ferindo as vistas da multidão, pois eram realizadas solenemente em público e precedidas pelas mais augustas cerimônias, tiveram de ceder e desaparecer à medida que progredia a razão, ao passo que, praticadas no esconderijo do cárcere, sem outras testemunhas além do juiz, dos esbirros e do infeliz, as torturas não encontraram obstáculos à sua perpetuação, em geral sendo empedernida a compaixão natural em quem, por ofício, preside a essas atrocidades metódicas, débeis os lamentos dos que suportam seus horrores, e raros os homens que, reunindo o conhecimento ao amor pela humanidade, têm mostrado constância em examinar um assunto tão lúgubre com a leitura dos mais rudes e duros escritores de tal matéria, e força para resistir à repulsa que levaria o punho a abandonar a pena repetidas vezes.

Qualquer que seja a verdadeira origem de onde emana nossa prática penal, é certo que, em nossas leis, não há nada escrito sobre as pessoas que podem ser submetidas à tortura, nem sobre as ocasiões em que elas podem ser infligidas, nem sobre a maneira de torturar – se pelo fogo, pelo deslocamento e supliciamento dos membros –, nem sobre o tempo de duração da dor, nem sobre o número de vezes que ela pode ser repetida; todo esse suplício é infligido aos homens com a autoridade do juiz, apoiado exclusivamente nas doutrinas dos criminalistas citados. Homens, portanto, obscuros, ignorantes e ferozes que, sem examinar de onde emana o direito de punir os crimes, qual a finalidade das punições, qual a norma para graduar a gravidade dos crimes, qual a proporção entre os delitos e as penas, se se pode obrigar um homem a renunciar à sua defesa própria e outros princípios similares a partir dos quais, quando são intimamente conhecidos, só é possível deduzir as conseqüências naturais mais conformes à razão e ao bem da sociedade – homens, digo eu, obscuros e privados sistematizaram com um triste refinamento e trouxeram a público, com toda a gravidade, a ciência de torturar outros homens com aquela mesma tranqüilidade com que se descreve a arte de curar as enfermidades do corpo humano, e foram obedecidos e considerados como legisladores, constituíram-se em calmo e sério objeto de estudo, e nas bibliotecas jurídicas foram acolhidos os cruéis escritores que ensinaram a deslocar com uma minuciosa dor os membros dos homens vivos e a refiná-la com a lentidão, com o acréscimo de outros tormentos, para tornar mais desoladores e agudos a angústia e o extermínio. Tais livros, que deveriam com justiça recobrir seus autores de uma eterna ignomínia, e que, se fossem escritos em vernáculo e lidos de maneira mais corrente, despertariam o horror da nação ou, matando nela os germes de qualquer virtude humana, a compaixão e a generosidade de espírito, a precipitariam novamente no século da barbárie e do ferro, tais livros, digo eu, receberam crédito na obscuridade e granjearam veneração nos próprios tribunais; embora lhes faltasse a marca do Poder Legislativo e sendo meros pensamentos de particulares, adquiriram força de lei, lei de origem ilegítima, e ainda servem para o extermínio dos réus suspeitos, mesmo no seio da bela, culta e gentil Itália, mãe e mestra das belas-artes, mesmo à plena luz do século XVIII; tão difícil é mostrar que nossos antepassados podem ter sido bárbaros, e tão difícil é remover uma antiga prática, por mais absurda que possa ser.

14. Opiniões de alguns respeitáveis escritores sobre a tortura e usos hodiernos de alguns Estados

Não faltaram, de tempos em tempos, homens esclarecidos que mostraram abertamente sua discordância quanto ao uso da tortura. Veja-se Cícero no citado discurso *Pro Silla*; ele diz claramente: *Illa tormenta moderatur dolor, gubernat natura cujusque tum animi tum corporis, regit quaesitor, flectit livido, corrumpit spes, infirmat metus, ut in tot rerum angustiis nihil veritati locus relinquatur.* A tortura é dominada pela dor, governada pelo temperamento de cada um, tanto de espírito quanto de membros, ordenada pelo juiz, dobrada pelo rancor, corrompida pela esperança, debilitada pelo temor, de modo que entre tantas angústias não resta nenhum lugar para a verdade. Assim falava Cícero sobre a tortura, embora na época fosse utilizada apenas contra os servos. Veja-se *Santo Agostinho* (no lib. 19, cap. 6 *De civitate Dei*), quando trata do erro dos julgamentos humanos, em que a verdade fica oculta *de errore humanorum judiciorum dum veritas latet*, onde desaprova claramente o uso da tortura. Enquanto se examina a inocência de um homem, usa-se a tortura, e por um crime incerto inflige-se uma dor mais do que certa, não por se saber que o paciente é culpado, mas por não se saber se é culpado, e assim a ignorância do juiz recai no extermínio do inocente. *Dum quaeritur utrum sit innocens cruciatur, et innocens luit pro incerto scelere certissimas poenas, non quia illud commisisse detegitur sed quia commisisse nescitur ac per hoc ignorantia judicis plerumque est calamitas innocentis.* Quintiliano (*Instit. orat.*, lib. V., cap. IV) também menciona a disputa entre os que afirmavam que a tortura constitui um meio de descobrir a verdade e os que diziam ser esta a causa de desmascarar o falso, pois os pacientes, ao se calarem, mentem, e os fracos forçosamente mentem ao falar: *Sicut in tormentis qui est locus frequentissimus cum pars altera quaestionem vera fatendi necessitatem vocet, altera saepe etiam caussam falsa dicendi, quod aliis patientia facile mendacium faciat aliis infirmitas necessarium.* A este respeito, Sêneca diz: *etiam innocentes cogit mentiri dolor*, a dor força os inocentes a mentir. Valério Máximo (lib. III, cap. III e lib. VII, cap. IV) também trata da tortura de maneira desaprovadora. A seguir, sobretudo Vives, no comentário à passagem citada de Santo Agostinho, discorre longamente, abominando a prática da tortura, mas vou mencionar apenas uma parte. Admira-me, diz este autor, que nós, cristãos, ainda conservemos dos costumes pagãos e obstinadamente defendamos costumes não só contrários à caridade cristã, mas à própria humanidade. *Miror Christianos homines tam multa gentilia et ea non modo charitati et mansuetudini christianae contraria sed omni etiam humanitati mordicus retinere*, e então acrescenta: Que pretensa necessidade é esta de torturar os homens, necessidade deplorável e que deveria ser regada com um rio de lágrimas, se a tortura não é útil e se pode prescindir dela, sem dano algum para a segurança pública? E como vive um número tão grande de nações, mesmo bárbaras, como dizem os gregos e os latinos, as quais consideram horrendo e feroz torturar um homem sobre cuja culpa pairam dúvidas!?... Não vemos com bastante freqüência os infelizes que preferem enfrentar a morte a suportar a dor e, mesmo certos de que receberão a pena capital, se acusam de um crime que não cometeram para evitar a tortura? Na verdade, quem consegue resistir às lágrimas, aos gemidos, às extremas angústias expressas pela dor de um homem que não sabemos se é culpado, deve ter um espírito de carrasco. E deixamos que uma prática tão dura, tão iníqua domine sobre nossa cabeça! *Quae est enim ista necessitas tam intolerabilis et tam plan-*

genda etiam si fieri posset fontibus lacrymarum irriganda si nec utilis est, et sine damno rerum publicarum tolli potest? Quomodo vivunt multae gentes et quidern barbarae, ut Graeci et Latini putant, quae ferum et immane arbitrantur torqueri hominem de cujus facinore dubitatur... an non frequentes quotidie videmus qui mortem perpeti malint quam tormenta, et fateantur fictum crimen de supplicio certi ne torqueantur? Profecto carnifices animos habemus qui sustinere possumus gemitus et lacrymas tanto cum dolore expressas hominis quem nescimus sit ne nocens. Quid quod acerbam et perquam iniquam legem sinimus in capita nostra dominari. Sequer entre os próprios criminalistas jamais deixou de existir um número de homens mais razoáveis e cultos que abominaram o uso dos tormentos, como *Schaller*, *Nicolas*, Ramirez de Prado (*Pentecontarchos*, cap. 9), Segla (nota 36 a uma sentença do Tribunal de Toulouse), Rupert (cap. 4, lib. VII), *Wissemback*, *Wesenbeck* e outros; este último (*Oecon.*, D.h.t.) qualifica a tortura de invenção diabólica trazida do inferno para atormentar os homens, *inventum diabolicum ad excruciandos homines de tormentis infernalibus allatum*, e *Matthaeus*, em seu tratado *De criminibus* (Tit. *De quaestionib.*, cap. V) escreveu contra o uso de suplícios, e Thomasius (nos *Program.*, nº 27) diz que confessa honestamente que a tortura é algo iníquo e indigno de um povo cristão, *iniquam esse torturam et christianas Respublicas non decentem cordate assero.* Finalmente, Joh. Graevius escreveu um tratado civilizado sobre o tema, com o título *Tribunal reformatum in quo sanioris et tutioris Justitiae via judici christiano in processu criminali commonstratur rejecta et fugata tortura cujus iniquitatem et multiplicem fallaciam atque illicitum inter Christianos usum libera et necessaria dissertatione aperuit Johannes Grevius** etc.

A partir dessa série de autoridades, parece bastante evidente o erro dos que afirmam que a repulsa pela tortura é uma nova invenção dos filósofos modernos; estes não podem aspirar à glória de terem sido os primeiros a ouvir a voz da razão e da humanidade a tal respeito, e a oposição a esse costume bárbaro é tão antiga quanto a reflexão e a abominação das inúteis crueldades. Não citarei, pois, nenhum filósofo moderno, contentando-me em ter invocado as autoridades de Cícero, de Santo Agostinho, de Quintiliano, de Valério Máximo e outros; resta finalmente mostrar se o que foi possível praticar na República dos hebreus, na Grécia e em Roma ainda é exeqüível em nossa época.

* "O tribunal reformado, no qual se mostra ao juiz cristão a via de justiça mais sã e mais segura no processo penal, rejeitada e banida a tortura, cuja iniqüidade e falácia e cujo uso ilícito entre os cristãos demonstrou com livre e convincente argumentação Johann Gralvius."

A este respeito, citarei um trecho escrito pelo rei da Prússia na dissertação sobre os motivos de estabelecer ou revogar as leis. Que me perdoem, diz o régio autor, se ergo a voz contra a tortura. Ouso tomar o partido da humanidade contra um costume indigno dos cristãos e dos povos civilizados, e tão cruel quão inútil. Quintiliano, o mais sábio e mais eloqüente dos oradores, ao tratar da tortura, diz que é uma prova de temperamento: um celerado robusto nega o fato, um inocente de compleição frágil o confessa. Acusa-se um homem, há indícios, o juiz está na incerteza, ele quer esclarecer-se: submete-se esse infeliz à tortura; se ele é inocente, que barbárie fazê-lo sofrer o martírio! Se a violência dos tormentos o obriga a depor contra si mesmo, que abominável desumanidade expor às mais violentas dores e condenar à morte um cidadão virtuoso! Mais valeria perdoar vinte culpados do que sacrificar um inocente. Se as leis devem ser estabelecidas para o bem dos povos, será preciso tolerar as que prescrevem que os juízes perpetrem metodicamente ações tão atrozes que revoltam a humanidade! Há oito anos (quando escrevia o Rei; agora seriam trinta anos) a tortura foi abolida na Prússia, tem-se a certeza de não confundir o culpado e o inocente, e nem por isso se deixa de fazer a justiça. *Qu'on me pardonne si je me recrie contre la Question. J'ose prendre le parti de l'humanité con-*

tre un usage honteux à des Chrétiens et à des peuples policés, et j'ose ajouter contre un usage aussi cruel qu'inutile. Quintilien le plus sage et le plus éloquent des Rhéteurs dit en traitant de la Question que c'est une affaire de temperament: un scelerat vigoureux nie le fait un innocent d'une complexion faible l'avoue. Un homme est accusé il y a des indices, le juge est dans l'incertitude, il veut s'éclaircir: ce malheureux est mis à la question; s'il est innocent quelle barbarie de lui faire souffrir le martire! Si la force des tourments l'oblige à deposer contre lui-même quelle inhumanité épouvantable que d'exposer aux plus violentes douleurs et de condamner à la mort un citoyen vertueux contre le quel il n'y a que des soupçons! Il vaudroit mieux pardonner à vingt couplables que de sacrifier un innocent. Si les loix se doivent établir pour le bien des Peuples faut-il qu'on en tolère de pareilles qui mettent les juges dans le cas de commettre methodiquement des actions criantes qui revoltent l'humanité! Il y a huit ans que la Question est abolie en Prusse; on est sûr de ne point confondre l'innocent et le coupable, et la Justice ne s'en fait pas moins. Assim fala, assim declara um dos maiores homens a ocupar o trono. Na Prússia, em Brandenburgo, na Silésia e em todas as partes do domínio prussiano, já não se aplica nenhuma espécie de tortura; a justiça pune os culpados e a sociedade tem segurança.

Na Inglaterra, já não se tolera a tortura há muito tempo; a lei condena a um tipo de morte o réu que se recusa a responder ao juiz; chama-se *peine forte et dure*, mas seria errôneo chamá-la de tortura, pois termina com a morte e não é *veritatis indagatio per tormentum*; veja-se a respeito da Inglaterra o Barão de Bielfeld (*Institut. politique*, tom. I, chap. VI, § 34). Desde que a experiência mostra que na Inglaterra e na Prússia todos os crimes são descobertos e são punidos, que se faz a justiça, que a sociedade não sofre com isso, é quase bárbaro não abolir o uso da tortura. Quem tem vísceras e alguma vez assistiu cometer tal violência à natureza humana não poderá, creio eu, deixar de partilhar de meu sentimento; assim diz ele: *Depuis qu'on voit en Angleterre et en Prusse que tous les crimes se découvrent, qu'ils sont punis, que la justice est rendue, que la société n'en souffre point il est presque barbare de ne pas abolir l'usage de la Question. Quiconque a des entrailles et a vu une fois faire cette violence à la nature humaine ne sauroit s'empêcher, je pense, d'être de mon sentiment.* A efetiva abolição da tortura na Inglaterra é ainda comprovada pelo Presidente de Montesquieu (*Espr. des lois*, lib. VI, cap. XVII e lib. XXIX, cap. XI). No reino da Suécia, a crermos em *Otto Tabor* (*De tortura et indiciis delict.*, tom. 2, § 18), também não se utiliza a tortura. Nos estados de Sua Majestade Imperial Real

Apostólica, nos reinos da Hungria, da Boêmia, na Áustria, no Tirol etc., por uma ordenação digna do reino da Augusta Maria Teresa, o uso da tortura foi abolido no ano de 1776, e no final do mesmo ano foi promulgado na Polônia um regulamento igualmente humano, que começa assim: *A experiência constante demonstra quão vicioso é o meio empregado em vários processos penais para chegar ao conhecimento da verdade mediante a tortura e ao mesmo tempo quão cruel é utilizá-la para provar a inocência*, e portanto sua prática é abolida, prescrevendo-se que se apliquem apenas os meios das provas.

Existiram e ainda existem alguns que, como último refúgio, recorrem às condições locais dos milaneses e afirmam que não é possível dispensar a tortura em nossa nação; decerto incautamente e por excessiva veneração pelos costumes ultrapassados, assim caluniamos nossa Pátria, como se nossos cidadãos, de índole demasiado feroz e maligna, não pudessem ser contidos por outro meio melhor, a não ser tratando-os com atrocidade e degradando-os à natureza de escravos; como se os princípios de virtude e sensibilidade tivessem a tal ponto se extinguido em nosso povo que os meios que bastam para as outras nações são insuficientes para nós! Bem sei que quem constitui exceção não reflete nas conseqüências que, todavia, daí emanam imediatamente. Quem conhece nossa Pátria e nossos concidadãos tem a esse respeito uma idéia bem diferente; que cada qual recorde a época, não muito distante, em que nossa benevolente e imortal soberana Augusta Maria Teresa esteve ameaçada de sucumbir à varíola, e as igrejas ficaram abertas às orações públicas; então, pessoas de todas as categorias, artesãos, camponeses, nobres, todos os plebeus, adiando seus deveres, soluçando ao pé dos altares, ofereciam votos ao Todo-Poderoso para que conservasse os preciosos dias de uma soberana que, pela virtude, pela benevolência e pelo dever, havia conquistado os corações sensíveis. Os afetuosos e espontâneos movimentos da multidão, que nenhum fim político conseguiria mover, bastam para mostrar o sentimento de bondade e retidão que existe comumente nos corações. Não, não se diga que os milaneses constituem uma odiosa exceção à regra.

15. Algumas objeções que são feitas para defender o uso da tortura

Mas como forçaremos um homem a responder, o qual, interrogado pelo juiz, se obstina no silêncio, se não tivermos o meio de obrigá-lo pelos tormentos? Os próprios ingleses citados em prol da abolição da tortura recorrem a ela nesses casos. Mas a isso cabe responder que é verdade que os ingleses, no caso exclusivo em que o acusado se recusa a responder ao juiz, utilizam a chamada *pena forte e dura*, a qual termina com a morte soltando-se uma pedra de grande peso para esmagar totalmente o contumaz; mas a tanto não cabe o nome de *tortura*, e sim de pena capital, à qual alguns preferem sucumbir, em vez de serem julgados culpados de um crime que, além da morte, acarretaria o confisco dos bens, sendo que as leis do reino não permitem que o fisco se aproprie dos bens dos que morrem com a *pena forte e dura*, e assim o amor dos cônjuges leva alguns a optar pelo silêncio e por esta punição. Diz-se ainda que os ingleses teriam talvez preservado uma parte da antiga barbárie, por não terem abolido a *pena forte e dura*, pois, se nos litígios civis as leis condenam o réu contumaz segundo os elementos fornecidos por quem fez a demanda, bastaria incluir esse mesmo método nos procedimentos penais e, considerando o contumaz inconfesso como réu confesso, condená-lo pela norma das leis; assim se eliminaria qualquer necessidade de torturar quem não responde ou quem responde de maneira inadequada. Se o prisioneiro for várias vezes advertido de que seu silêncio equivalerá à confissão dos crimes pelos quais foi processado, decerto não haverá quem procure obstinadamente arruinar a si mesmo.

A esta passagem replicam os defensores da prática atual: não dispomos de lei que nos autorize a condenar como culpado o homem que se obstina no silêncio ou na resposta inconclusiva. No que têm razão em sustentar que apenas uma lei revogando a tortura seria prejudicial ao curso da justiça se, ao mesmo tempo, não fosse promulgada uma outra declarando a culpa do contumaz.

Nossa prática penal é realmente um labirinto de estranha metafísica. Prende-se um homem suspeito de culpa num crime. Neste momento, esse homem deixa de ter existência pessoal. É um ser ideal posto nas mãos do fisco, que o interroga, o enreda, o espreme, o atormenta, até que, com as contradições ou com as incoerências ou mesmo com a confissão do crime extorquida no tédio do cárcere, com a miséria e com as torturas, o fisco consiga lhe arrancar o suficiente para citá-lo em juízo. Realizados todos estes longos e cruéis procedimentos, durante os quais o réu não tem permissão para receber assistência ou defesa, o fisco então o cita e o constitui perante o juiz como culpado do tal crime. Nos países mais esclarecidos, toma-se um caminho mais curto e natural. Tão logo o suspeito é encarcerado, já no primeiro interrogatório considera-se iniciado o julgamento. É-lhe apresentado o motivo pelo qual é suspeito de culpa; os acusadores, se os há, são trazidos perante ele. São-lhe pedidas as razões ou desculpas, e assim facilmente terminam todos os processos, por uma via mais clara, mais serena e regular. É como se faz nos processos militares e nos dois regimentos milaneses, compostos de soldados que certamente não são escolhidos dentre os mais virtuosos nem dentre os mais simples do povo; os crimes logo são punidos, e a idéia da retidão dos julgamentos nos conselhos militares tem fundamento.

Como, perguntam os apologistas da tortura, induziremos um réu a revelar os cúmplices sem a tortura? Todas essas objeções, de fato, tomam como pressuposto constante o que justamente constituí o objeto da questão. Supõe-se que a tortura é um meio para desvendar a verdade. Mas, mesmo deixando isso de lado, a resposta é que um homem que acusa a si mesmo não terá dificuldades em nomear ordinariamente seus cúmplices; que um homem que nega o crime não poderá nomeá-los sem acusar a si mesmo; que, finalmente, por se pretender saber tudo e registrar toda a sucessão da vida de um homem e dos crimes que cometeu ou viu serem cometidos, costumam-se encher as prisões com inúmeros infelizes, e os processos vão sendo protelados com uma extrema lentidão. Mais vale ignorar um cúmplice e punir prontamente um réu do que, depois de tê-lo deixado definhar na esqualidez do cárcere durante meses e anos, punir outros homens de um crime já esquecido por todos, e é por isso que o povo não vê senão a isolada atrocidade que o verdugo executa solenemente.

Suponhamos que a posteridade tivesse obedecido ao imperador Justiniano. Ele reuniu as leis esparsas, as opiniões dos mais respeitados jurisconsultos romanos, as decisões do senado, as do povo e, congregando tudo o que julgou ser útil e bom no descomunal amontoado de livros, mandou compilar o Código e as Pandectas que continham todo o corpo da legislação, proibindo categoricamente que outros ousassem fazer comentários ou escrevessem interpretações. Se isso tivesse sido respeitado, como faríamos os julgamentos penais? Não há aí nenhuma lei para matar civilmente o prisioneiro, para torturá-lo e ressuscitá-lo depois de montado o processo. Se não fossem *Claro*, *Bossi*, *Farinacci* e os outros citados anteriormente, não se prenderia nenhum cidadão, a menos que existissem graves suspeitas sobre sua culpa. Estas podem provir de testemunhas que o acusam de um crime, da vida ociosa e suspeita que leva, das despesas que faz sem que se saiba como, da inimizade violenta e das ameaças contra um homem que foi ofendido, e assim por diante. A seguir, o prisioneiro seria conduzido perante vários indivíduos, e não apenas um, encarregados de julgá-lo, ser-lhe-iam claramente apresentadas as suspeitas e os motivos, seria solicitado, em se tratando de um roubo ou de um homicídio, a justificar onde esteve durante as horas em que foi cometido o crime; em se tratando de um roubo, como ele obteve o dinheiro que tinha consigo, e assim em cada caso, e em poucas horas se saberia se o prisioneiro é realmente culpado ou inocente. Tal é o método que seria usado se na justiça penal se observassem apenas as leis, e não uma prática ilegitimamente fundada sobre as opiniões particulares de alguns escritores bárbaros e obscuros. Tal é o método dos processos na Grã-Bretanha, onde, além disso, o acusado dispõe de duas grandes vantagens: uma é a de ser julgado por pessoas escolhidas entre seus pares, não empedernidas pelos processos penais, e a outra é a de poder recusar, por motivo de desconfiança, um determinado número dos escolhidos para julgá-lo. Tal é, também, o método que se usa entre os militares, mesmo em Milão, nos regimentos italianos, e a justiça segue rapidamente seu curso sem que ninguém se queixe de tirania e sem que se condenem os inocentes como culpados, caso que ocorre não tão raramente quanto talvez se acredite.

16. *Conclusão*

Sei muito bem que as opiniões consagradas pela prática dos tribunais, legadas a nós com a veneranda autoridade dos magistrados, são as de mais difícil e espinhosa remoção, e tampouco posso me iludir pensando que, nos dias de hoje, caiba reformar de uma só vez todo o conjunto das opiniões que sustentam a jurisprudência penal; todos os que têm parte nela crêem que a manutenção da prática vigente é indispensável para a segurança pública; a opinião deles, seja falsa ou verdadeira, não prejudica a pureza do fim que os move. Porém, é preciso que os defensores da tortura reflitam que os processos contra as feiticeiras e os magos, tal como a tortura, se apoiavam na autoridade de inúmeros autores que publicaram textos sobre a ciência diabólica, que a tradição dos mais venerandos homens e tribunais ensinava que as feiticeiras e os magos deviam ser condenados à fogueira, sendo que estes, agora, são encaminhados aos manicômios, desde que ficou demonstrado que não existem feiticeiras nem magos. Tudo o que se pode dizer em favor da tortura podia ser dito em relação à magia há cinqüenta anos. Parece-me impossível que o costume de torturar privadamente no cárcere para obter a verdade possa ainda se sustentar por muito tempo, depois de se demonstrar que muitos e muitos inocentes foram condenados à morte pela tortura, que ela constitui um suplício de extrema crueldade, por vezes infligido da maneira mais atroz, que sua brutalidade depende apenas do capricho do juiz, sem testemunhas; que a tortura não é um meio para obter a verdade nem assim a consideram as leis e sequer os próprios doutores, que ela é intrinsecamente injusta, que as nações conhecidas da Antiguidade não a praticaram, que os mais veneráveis escritores sempre a abominaram, que foi ilegalmente introduzida nos séculos da barbárie de outrora, e que finalmente, hoje em dia, várias nações a aboliram e continuam a aboli-la, sem qualquer inconveniente.

impressão e acabamento
Cromosete
GRÁFICA E EDITORA LTDA.
Rua Uhland, 307 - Vila Ema
Cep: 03283-000 - São Paulo - SP
Tel/Fax: 011 6104-1176